羊とオオカミの理由《わけ》

杉原理生

幻冬舎ルチル文庫

CONTENTS ✦目次✦

羊とオオカミの理由《わけ》……5
あとがき……254

✦カバーデザイン＝高津深春（CoCo.Design）
✦ブックデザイン＝まるか工房

イラスト・竹美家らら✦

羊とオオカミの理由《わけ》

1

今日の卵焼きは美しく仕上がった。

皿の上に焼き上がったそれを落としながら、久遠章彦《くおんあきひこ》は満足げにためいきをついた。ふんわりと幾重にも巻かれた黄金色の層のなかには、ちりばめられた葱《ねぎ》の緑が鮮やかに覗《のぞ》いている。昨日は甘い卵焼きだったから、今日は薄口のだしの効いた味付けだ。香ばしい焼き色も食欲をそそる。

グリルから焼いた鮭《さけ》を取りだして時計を見ると、いつもどおり七時十分前だった。

よし、と頷《うなず》きながら章彦はエプロンを外し、二階の自室ですばやく着替える。上着と鞄《かばん》を手に一階に下りると、ソファにそれを置いてから、洗面所に向かう。鏡の前で少し寝癖がついている髪をドライヤーで直して、ワックスで整える。

鏡に映るのは、すらりとした痩躯《そうく》、ほっそりと整った顔立ちは甘い目許《めもと》が特徴的で、薄茶のわずかにくせのついた長めの髪がよく似合っている。同じく瞳の色が薄いため、会社の女子からは「ハーフなんですか？」「久遠さんて王子様っぽいですよね」と時々いわれるが、内心、こんなに所帯じみた王子がいるわけないだろうが——と思う。

章彦の朝は、きちんとバランスのとれた朝食づくりからはじまる。夜は仕事の関係で作れないことも多いため、朝だけは手抜きをしないと決めていた。いまは弟の太一《たいち》が大学生になって弁当づくりがなくなったので、三十分多く寝ていられるようになった。

洗面所で身支度を整えると、章彦は朝食をとる前に二階にもう一度上がり、太一の部屋をノックする。

「太一。七時だぞ。お兄ちゃん、飯食って出るからな」

しばらくすると、ドアの内側から少し寝ぼけた声が返ってくる。

「俺も起きるよ。ごはん食べる」

高校生まではともかく、大学生になってからは毎日早起きする必要もないのだが、太一が「俺もお兄ちゃんが出るときに起こして」というので、結果的に朝食は一緒にとるようになっている。

太一はいま大学二年――だが、前夜が飲み会でよほど遅かったとか、風邪で寝込んでいるという以外、子どもの頃からずっと章彦に「いってらっしゃい、お兄ちゃん」といわなかった日はない。

「ほんとに起きるのか？」

章彦は「じゃあ、ほら、さっさと起きろよ」といいながらドアを開ける。床に敷いてある布団の上のソレは見ないようにして、章彦は太一の寝ているベッドに大股《おおまた》に近づいていく。

八畳の洋間の窓際にベッドは置いてある。途中で布団の上に寝転がっているソレに足があたってしまい、「いてっ」という声がしたが、かまわずに歩を進める。九月も末とはいえ、昨夜は珍しく寝苦しかった。薄掛け布団を半分はいでいた太一は、章彦が近づいてくる気配に気づくとベッドからあわてたように起き上がった。

「なんだよ。ちゃんと起きるよ。先にごはん食べてなよ」

「そんなこといって、またすぐ寝るじゃないか」

額《ひたい》をこづいてやると、太一は照れた笑いをこぼして「ほんとに起きるってば」と立ち上がった。

一気に立場逆転。見下ろされる格好になって、章彦は「うっ」と顔をしかめる。

子どものときは背の順で前から数えたほうが早かったのに、太一は高校に入った頃からぐんぐん背が伸びて、いまでは章彦よりも大柄だった。章彦が一七四センチ、太一は一七八センチ。その差四センチとはいえ、兄の威厳を損なわれるようで、初めて身長を追い越されたときには複雑だった。焦ってカルシウムを大量に摂取したりしたものの、結局差は縮まらず。

「まったく……お兄ちゃんは、いつまでたっても俺を子ども扱いなんだから」

背は高くなったとはいえ、太一の顔立ちには子どもっぽさが幾分残っていた。目を細めて笑うさまは爽《さわ》やかで、やさしげに整った顔は優等生的な二枚目だ。我が弟ながらいい男に育ったものだと、章彦は逞《たくま》しくなった背中を見るたびに感慨に浸る。

どんなにやさぐれた気分になっても、太一のいるところは章彦にとって心のオアシスだった。いい年してブラコンと周囲に揶揄《やゆ》されようとも、太一が独立して家を出るまでは、この心地よい場所はずっと自分だけのものだと思っていた。それなのに……。

「だって、子どもだろ？　んー？」

章彦は腕を伸ばして太一の髪の毛をくしゃくしゃに掻《か》き乱した。太一は苦笑しながら、ちらりと章彦の背後を見やる。

「駄目だよ。お兄ちゃん。……ほら、亮介《りょうすけ》があきれてる」

わざと存在を忘れていたのに——ぴくりとこめかみをひくつかせて、章彦はいままで視界に入れていなかったソレを振り返る。

部屋の中央に敷かれた布団の上に男がひとり起き上がり、眠たそうに髪の毛をかきあげながらこちらを見ていた。

男の唇にはうっすらと笑みがのぼっており、美男という表現がぴったりくるその容貌《ようぼう》は、かったるそうに布団の上でぼんやりとしているところまで絵のように様になっている。黒々とした長めの前髪の間から見えている瞳には強い光があった。

綺麗《きれい》でオオカミみたいな男。背丈は太一よりも高いが、がっしりとしているわけではなくて、手足が長く、いまどきの若者らしいスタイルの長身痩躯だった。そのシルエットはしなやかで、粗野なイメージというよりは、むしろ優雅ですらあった。

男の名前は高林《たかばやし》亮介。太一の友人で、一週間前から居候している。ルームシェアをしていた友人が恋人と同棲《どうせい》することになったので、部屋を追い出されたというのが理由だった。

「高林くん、起こしちゃったのか」

「……起こされました。お兄さんが俺のこと蹴《け》っていくから」

高林は一見、気を悪くした様子もなく微笑《ほほえ》む。

「そうか、気づかなかった、悪かったな」

「いえいえ」

にっこりと笑いあうが、互いに目が笑っていない。バチバチと火花が散るのが見えるようだったが、その物騒な光線はもっぱら章彦から放射されているもので、高林はすぐにやんわりとかわしてしまう。

「背中が痛くて、おかげでスッキリと目が覚めた」

「ごめんな。でも、ちょうどいい。きみも起きたんなら、一緒に朝食を食べなさい」

「ありがとうございます。お兄さんの料理、美味《おい》しいですよね」

「なにいってるんだ。高林くんだって上手に作れるじゃないか」

「でもお兄さんほどじゃないから」

お世辞なんていったってなにもでやしないぞ——笑顔をひきつらせる章彦の隣で、太一がのんびりと口を挟んだ。

「亮介はいままで作るほうだったから、誰かに作ってもらうのがうれしいんだって。お兄ちゃんのメシが美味《うま》いから、ここにずっと住んじゃおうかなっていってるくらいなんだよ」

「そうか……。いや、そんなたいしたもの食べさせてないんだけど。恥ずかしいな」

心で思っているのと別のことを口にするのは、案外苦労する。つい見えない心の字幕を音声にしてしまいそうになるからだ。照れた笑顔を見せながら、このとき章彦の顔に実際に書かれていた台詞《せりふ》は「寝言いってんじゃねえよ」。

心の字幕が見えるのか、高林は口許におかしそうな笑みをのぼらせた。余裕たっぷりな笑顔が憎たらしくて、思わず「この若造が」といってしまいそうになるのをこらえる。

姿かたちは若く見えるとひとからいわれ、実際に本性もややおとなげない章彦は、今年で二十八歳になる。もう三十路《みそじ》も近い。

「ふたりとも早く下りてきなさい。味噌汁《みそしる》、あたためておくから」

太一が「はーい」と素直に返事をする隣で、高林亮介はなにやら含み笑いを浮かべたまま、章彦が部屋を出ていくのを見送っていた。

章彦は階下に下りてキッチンに向かうと、味噌汁を火にかけて、薬味の万能葱を刻む。先ほどの高林亮介の顔がふっと浮かんできて、包丁を握る手にも力が入る。切り刻みたいのは、葱か、それともあいつなのか。

「お兄ちゃん？　どうかした？」

キッチンに下りてきた太一が、なにやら執念深く葱を切り刻んでいる兄の背中に、心配そうに声をかける。章彦ははっとして振り返った。

「——いや。包丁の切れが悪くてね。今度、研がなきゃだめだな。いま、味噌汁もっていくから」

「いってくれれば、俺が研いであげるよ」

どこまでも爽やかに笑う弟に、あやうく友人への醜い呪詛《じゅそ》を聞かせてしまうところだったと胸が痛む。こんなことではいけない、と章彦は自らを叱咤した。

なんとか平常心で味噌汁をテーブルに運んでいくと、椅子に座っているのは太一ひとりだけで高林亮介の姿はなかった。

「亮介はもうちょっと眠るって」

それは喜ばしかったが、あたためた味噌汁が無駄になってしまうので鍋に中身を戻さなければならない。踵《きびす》を返そうとすると、太一が「まだ鍋にあるんでしょ？　それは俺が飲むよ」と引き止めた。

「でも……」

「二杯飲めるよ。お兄ちゃんの味噌汁はうまいから」

「そ、そうか？」

その一言で気分がよくなるのだから、我ながらお手軽な人間だった。かわいい弟のために、友人の高林に突っかかるなんて大人げないことは慎まなければならない。先ほど「切り刻んでやろうか」と考えたことも忘れ、章彦はご機嫌になって太一が味噌汁を飲むさまを眺めた。

太一は椀《わん》に口をつけながら照れくさそうに目をそらした。

「お兄ちゃんも食べないと、遅刻するよ」

ああ、とあわてて箸《はし》を動かす。太一はおかしそうに笑ってから味噌汁を飲み干した。

「やっぱり美味しいな」

「そうか……」

だらしなく口許がゆるみそうになるのをこらえて、章彦はテレビのニュースに目を移した。

もう十九歳の立派な青年だというのに、いまだに太一が幼い子どものように見えることがあるから困る。自分より体格のいいからだや、男らしく成長した顔つきを見ても、昔の印象が抜けないのだから仕方がない。「お兄ちゃん」と呼ばれるたびに、まだ小さかった太一に袖《そで》を引っぱられているような、気恥ずかしい気分になってしまう。

「お兄ちゃん」

声変わりして低い響きになったとはいえ、呼びかける声はいまだに甘さを含んでいる。

「なに?」と振り返ると、太一は憂鬱《ゆううつ》そうに視線を落とした。

「お兄ちゃんは……亮介とは気が合わないのかな」

内心ぎくりとしながら「そんなことはないよ」と返す。

「どうしてそんなことを？」

「いや、だって、なんとなく」

バチバチ火花が散ってるのが見えるのか？

「あいつが気にしてたから。『章彦さんに迷惑かけて申し訳ない、よくは思われてないんだろうなあ』って」

「へえ――」

「亮介は自分が長男だから、兄貴って存在に憧れてるっていってた。『章彦さんはカッコいいなあ。綺麗系のお兄さんだよね』って」

「へええ……」

嘘《うそ》つけ、と口のなかで呟《つぶや》く。

「俺なんかより、亮介くんのほうが格好いいじゃないか。彼はモテるんだろ」

「そうだね。亮介はたしかにモテるけど――お兄ちゃんは品がいいし、落ち着いた感じだから。タイプが違うけどね、格好いいよ」

あやうく頬《ほお》を赤らめてしまいそうになって動揺する。世の中の弟は、みんなこんなに兄を素直に賞賛するものなのか？

「太一は口がうまいなあ。お兄ちゃん、本気にしちゃいそうだよ」

「やだな。本気にしてくれていいよ。俺は嘘はいわない」

笑顔で断言されて、章彦の顔はさすがにひきつる。朝っぱらから、褒め殺しか？　小遣いが足りてないのか？　なんか企みでもあるのか？

太一が邪気もなくいっているとわかるからこそよけいにこそばゆくて、心のなかであまのじゃく的に突っ込まずにはいられない。

外見こそ成長したものの、太一は章彦から見れば純粋すぎて、これで生きていけるのだろうかと時折心配になる。素直で伸びやかな若者に育ってくれたのはうれしいが、ひとを疑うことを知らない仔羊のようにも見えて、悪いやつにだまされるんじゃないかといつも気が気でないのだ。

「俺なんかより、太一のほうが格好いいじゃないか。俺の自慢だよ」

「お兄ちゃんも口がうまいからな」

太一があきれた笑みをもらしたので、章彦もつられて口許をゆるめた。

互いに褒めあうなんて、兄弟そろって気持ち悪い。頭のどこかでそう思っても、太一が相手だと章彦は突っ込むことができず、ボケがふたりにツッコミ不在という恐ろしい構図になるため、まるで楽園のお花畑にいるようだった。

いつもならお花畑でなにが悪いと開き直るのだが——しかし、いま、この楽園には蛇がいる。

ふと視線を感じて振り返ると、戸口のところに高林が立っているのが見えた。兄弟ふたりが「お兄ちゃん、格好いいよ」「いや、おまえだって」といいあうところを観察していたらしい。うすい笑みを浮かべた唇はなにかいいたげなのに、あえて言葉を呑み込んでいるようだった。

「亮介、起きたんだ。味噌汁、飲んじゃったよ」

「うん。なんかやっぱ目が冴《さ》えて」

ダイニングテーブルの脇を通るときに、「蹴られたせいかな」とぼそりと呟くのが聞こえた。

さすがに悪かっただろうかと反省する。章彦は急いで残りの朝食をたいらげると、食器を片付けるためにキッチンに入った。高林がガス台の前に立って味噌汁をあたためようとしているところだった。

「章彦さん、ここにある刻み葱、使っていいの?」

「ああ。足りなかったら、まだ冷蔵庫にあるから」

「ありがとう」

相手が「わざと蹴ったんだろ」といってきたら謝るつもりだったのに追及してこないのが気まずくて、章彦は洗い物をする手を黙々と動かす。ちらりと横目にガス台の前に立っている男を見ると、味噌汁の鍋をじっと凝視していた。

先ほど「高林くんのほうが格好いいじゃないか」といったのは事実で、こうしてあらためて見るとひどく人の目を引きつける容姿をした男だった。

寝起きで髪もセットしていないのに、Tシャツとスウェットのズボンという格好で、刻み葱の入ったタッパーを片手にガス台の前にだるそうに立っている姿がこれほど絵になる人間はそうそういない。

味噌汁が煮えるのをひたすら待っているその眼差《まなざ》しはなにやら複雑な憂いを秘めていて、深刻な物思いに耽《ふけ》っているようにも見えた。

なにか悩みでもあるのか、と思わず問いかけようとしたとき、物憂げに味噌汁をあたためなおしている高林の口許がかすかに動いた。

「――馬鹿兄弟」

鍋を見つめているうちに、無意識にひとりごちてしまったらしく、高林ははっと瞬《まばた》きをくりかえして章彦を見る。

いうまでもなく、章彦はこわばった顔つきで男を睨《にら》んだ。高林は微笑みながら葱をぱらぱらと鍋に放り込んだ。

「いや……仲良くて、うらやましいですよね。俺もお兄ちゃん、欲しい」

知るか、とばかりに章彦はスポンジを流し台に投げつけて、キッチンを飛びだした。その勢いに、テーブルの席に座っていた太一が目を瞠《みは》る。

「お兄ちゃん？」

「――太一、あのな……」

「おまえの友達、性格超悪いぞ」と洩《も》らしてしまいそうになるのを思いとどまる。

「なに？」

「……なんでもない。お兄ちゃん、もう行くから」

上着をつかんで玄関に向かおうとする背中に、太一は「いってらっしゃい」と手を振る。

いつもどおりの見送りに振り返り、「行ってきます」と顔をほころばせたものの、章彦はすぐに表情を引き締めて玄関に向かった。味噌汁の椀を片手にキッチンから出てきた男の視線は無視したまま。


楽園の蛇こと高林亮介が久遠家に転がり込んできたのは一週間前のことだった。

その日は珍しく定時に会社を上がれたため、太一の好きな特製餃子を作ってやろうと意気込んでスーパーで材料を購入して家に帰ったところ、見慣れぬスニーカーが玄関にあるのを目撃した。

居間からはテレビの音が聞こえる。誰かがいることは間違いない。わずかに緊張感を覚えながら章彦は足を進めた。

居間を覗き込んだ彼が目にしたものは――。

「あ、おかえりなさい」

ソファのところに、見知らぬ若い男がひとり立っている。上半身は裸、バスタオルを腰に巻いただけの格好で、洗い髪を拭《ふ》いていたのか、タオルを頭にのせていた。髪の毛から水をしたたらせた男の顔は息を呑《の》むほど二枚目で、ほのかな色香すらあった。

章彦はよろめきながら餃子の材料が入ったスーパーの袋を落とした。

「きみは――誰だ……」

「お兄さんですか」

男は、見知らぬ人間の前でバスタオル一枚だというのにあわてることなく章彦を見つめ返した。まっすぐに視線が合った瞬間、かすかにはにかんだ笑みを浮かべたものの、ひるむ様子はない。そのやけに堂々とした半裸の男こそ高林亮介だった。

「行儀の悪いところ見せてすいません。シャワーお借りしてました」

「太一は……まだ、寝てるのか……それとも、シャワー浴びてるのか」

「え。いや、あいつは――」

困惑した様子で返す言葉を遮って、章彦は居間に駆け込むなり高林につかみかかった。

「てめえ、太一になにをした！」

「なにって、あんた……なにを」

「同意の上なんだろうな？　無理やりいやなことなんてしてないだろうな？」

ひたすら驚いたように目をぱちくりとさせている男の表情にはまったく見向きもせずに、章彦はその場にずるずるとしゃがみこみ、床に手をついてうつむいた。

なに馬鹿なことをいってるんだろう。太一はもうそういうことがあってもおかしくない年齢なのに。年頃の娘がキズモノにされたみたいな反応をするのはなぜだ？

逆上してしまったのは、「やはりそうだったのか」と長年の疑惑が当たってしまったからでもあった。どういうことかというと、半裸の男を目にした途端、章彦は男が太一の恋人で、情事のあとだと思い込んでしまったのだ。

なぜそんなふうに考えてしまったのか、理由はちゃんとある。爽やかな太一はモテそうなのに、いままで女の子を一度も家に連れてきたことがないからだ。

高校の頃までは勉強を頑張っていればそんなこともあるかと考えていたが、大学に入っても、いっこうに彼女ができる気配がない。しかも、その口から「好みの女の子のタイプ」が語られることも皆無だった。兄に対して秘密主義なだけかもしれないと思い込もうとしたこともあったが、そのうちに紹介できない相手と交際してるんじゃないかと勘ぐるようになった。

家捜ししたことはないが、太一の部屋の見えるところに怪しい本やＤＶＤが置いてあるのも目撃したことがないのだ。しかし、これは章彦も危ないものを出しっぱなしにしたことはないから仕方ない。男兄弟なのに、ざっくばらんにエロ話のひとつもしなかったのが悪かったのかと反省して、一度だけアダルトＤＶＤでも鑑賞してみようかと誘ったことがある。「話のわかる兄貴」としてさばけてみせたつもりだったが、太一の反応は鈍かった。

「俺はお兄ちゃんとこういうの見るの恥ずかしいかな。友達とならいいけど」

やんわりと拒絶されてしまい、年頃の弟に気のきかない真似をしたことが恥ずかしくなって、章彦は「スイマセン」と引き下がるしかなかった。

やはりただ照れ屋さんで奥手なだけかと考える一方、心の片隅にはつねに最悪の疑惑が居座り続けていた。なぜなら彼女が家にこない代わりに、太一のところには男の友達がたくさん訪ねてきたからだ。それもどういう交友関係かわからない、「おっ」と目を瞠るような美形が多い。「おまえの友達、美男子が多いな」といってみたところ、「そうかな？　お兄ちゃんのほうが綺麗だよ」とお花畑のような回答でごまかされてしまったが。

ひょっとして、あいつ面食いなんじゃ……（しかも男の）――最後の小さな心の呟きは、自分自身でも何度も聞こえないふりをして打ち消してきた。しかし、見知らぬ男がシャワー浴びて、バスタオル一枚でうろうろしてるのを目撃した日には……。

さらに深くこうべをたれたところ、目の前にある半裸の男の足がいらだたしげにもぞもぞと動いた。

「――ちょっと、あんた……お兄さん？」

男の問いかけに、章彦は頭を振りながらぶつぶつと呟く。

「……おまえがそうだっていうのなら、お兄ちゃんは認めてやりたいけど……いや……やっぱりだめだ、そんな茨《いばら》の道を……」

ややあって、頭上から深いためいきが落ちてきた。

「あんた、なんかおもしろい方向に誤解してない？」

「……誤解もなにも……」

興奮して顔を上げると、男と目が合った。その瞳はなにやら悪戯《いたずら》っぽい光を浮かべている。

章彦はむっとして男を追及した。

「一目瞭然《いちもくりょうぜん》だろう？　いまさらいいのがれるのか？」

「いいのがれる？　なにを？」

「だから、きみと太一との仲をだ」

「太一との仲？　――友達だよ」

この期《ご》に及んで――といいかけるのを「だから」と大声で遮り、高林亮介は肩をすくめた。

「太一は、借りてたＤＶＤが今日期限だって気づいて、さっきチャリで急いで返しに行った。お兄さんが想像してるような激しい運動をして、ベッドでぐったりしてるわけじゃないし、シャワーを浴びてるわけでもない」

章彦は「え」と固まる。

「……でも、きみは？　なんでそんな格好してるんだ」

「俺は食事の用意をしてたら、醬油《しょうゆ》の瓶をひっくり返しちゃって……シャツのすそと、ジーパンが汚れたから、洗濯するついでにシャワーを貸してもらっただけ。太一には許可とったけど、お兄さんをびっくりさせたのは悪かった。着替えを脱衣所にもっていかなかったからさ。——いまの説明で、見知らぬ男がバスタオル一枚でいる理由、ご理解いただけましたか」

高林は頭にのせたタオルで髪の毛をぬぐいながら薄く笑った。

「あんた、俺と太一がナニしてると思ったの？」

気が動転しながらも盛大な勘違いをしていたことだけはわかって、章彦はごまかすように
「いや……」と視線をそらしながら立ち上がった。

「食事の用意をして醬油をこぼしたって？」

見れば、ダイニングテーブルの上に夕食の用意ができていた。麻婆豆腐や中華風サラダ、偶然にも、章彦が今夜作ろうと思っていた餃子までもがアツアツの湯気をたてている。

「なんで餃子——」

「ああ。太一が『餃子食べたいな。最近食べてない』っていってたから」

やはりそろそろ餃子の時期だったのだ。勘は当たっていた。今日作ってやれば、「なんでお兄ちゃん、俺の食べたいものがわかったの？」と喜んでもらえたはずなのに。手柄を横取

りされたような気持ちになって、章彦は男を睨みつける。

「きみは料理、得意なのか」

「――まあまあ」

「そうか」

バチッと対抗心丸出しの視線を向けられても、高林はわけのわからない様子で目を丸くする。

「……まあ、いい。着替えは？　もってないんだろう？　なにか用意して――」

「いえ。おかまいなく。もってきてますから」

高林はソファの脇を指さした。なんで着替えをもってきてるんだ、小学生のお泊まり会かよ、と心のなかでツッコミを入れつつ視線を向けると、ソファの脇にはいくつかのバッグに詰められた大量の荷物があった。お泊まり会ではなく、これでは長期滞在用の旅行だ。

章彦は動揺しつつ半裸の男を振り返る。

「えっ、と――きみ……名前は」

「高林亮介です。太一とは同じ大学で二年。出身とか家庭環境とか趣味とか、自己紹介する？」

「それはいいけど、高林くん、この荷物はいったい」

「それで俺の持ち物は全部。――お兄さん、仲良くやっていきましょう」

どうも受け答えがずれている。微笑みかけられても、まったく意味がわからない。

「なにいってるんだ」

「さっき、お兄さんが派手に誤解したこと、太一に話してもいい？　お兄さんが、俺と太一があやしげに絡みあってると思い込んで、悲痛な様子で床に突っ伏して嘆いてたってこと。肉親に下半身の事情を想像されるのってどうなのかな。俺はオープンなほうだけど、それでもちょっといやだな」

「——」

言葉をなくす章彦に、高林はとどめの一言を突きつける。

「あんたの趣味、妄想ですか。さっきずいぶんおもしろいこと呟いてたね」

「てめ……黙ってればっ」

再びつかみかかろうとしたところ、高林はさっと章彦の手をかわして、唇に「しーっ」と指をあててみせる。

「太一が帰ってきた」

たしかに玄関のドアを開ける音がして、章彦は動きを止めた。高林が小声ですばやく囁《ささや》く。

「お兄さん、いつもそんな調子なの？　太一に聞いてたのと、少しイメージが違うんだけど。上品で落ち着いたお兄ちゃんだっていってたけどな、あいつ。たしかに顔は綺麗だけど、血の気多いね」

痛いところを突かれて、黙り込む。外見と中身のイメージが違うのは、よくいわれることだったからだ。そうこうしているあいだに足音が近づいてきて、太一が居間に姿を現した。

「ただいま。――あ、お兄ちゃん」

半裸の男と兄が向き合っているのを見て、太一はさすがにあわてた顔を見せる。

「……お兄ちゃん、そいつ、高林っていうんだけど」

「いま、自己紹介してたところ」

高林は「ねえ、お兄さん」と章彦を見やる。苦虫を噛《か》み潰《つぶ》したような章彦とは対照的に、太一はほっとした笑顔になった。

「そうか。もう話しした？　――そういうわけなんだ。お兄ちゃんに事前に相談しなくて悪かったけど、少しのあいだだから」

そういうわけって、どんなわけなんだ？

「いや……ちょっと説明してくれ。なんの話なんだ？」

ソファの脇に置かれた荷物から察しはついたけれども、章彦はあえて問いただす。

太一は高林の顔を「なんだ、まだ挨拶しただけ？」というふうに見て、申し訳なさそうに章彦に向き直った。

「お兄ちゃん、亮介が行くところないっていうから、しばらく俺の部屋に泊めてもいいかな。同居人が恋人連れ込んじゃって、一緒に住むからって追い出されたんだって」

やっぱり、そういうことか——と章彦は苦い顔つきになる。

「そういう事情だったら、その友達とちゃんと話し合って、引っ越すまで待ってもらえばいいじゃないか。高林くんの部屋でもあるんだから、一方的に……」

「でも、その部屋、もともとそいつのだから、亮介にはなんの権利もないんだよ。いままで住まわせてくれて、ありがとうって感じで。なあ？」

「うん、そう」

あっさりと頷く高林に、本音では「ひとのところにばかり居座ってないでさっさと自分の部屋を探せよ」と怒鳴りたかったが、友人である太一の面子《メンツ》が丸つぶれになるからなにもいえない。

「頼むよ、お兄ちゃん」

お兄ちゃんにしか頼めないんだ、とばかりにすがるように見つめられて、章彦は弱り果てる。つねにものわかりのいいお兄ちゃん面《づら》をしてるものだから、こういうとき横暴な兄として年長者の権利を振り回せないのがかなしいところだ。

章彦は額に手をあててしばらく考え込んだあと、ふーっと息を吐いた。

「しばらくっていつまで」

「部屋が決まるまでかな。もう一応、いくつか物件は見に行ったんだよ。なあ？」

太一が見やると、高林は「そうだね」と頷く。

「お兄さん、すいません。ご迷惑かけて。しばらくのあいだ、お世話になります」

気持ち悪いほどていねいに頭をさげられる。よそゆきの涼やかな笑顔を見せる高林の表情には、「いま、よけいなことをいったら、さっきの醜態を太一にばらすぞ」という見えない脅しの文句が貼《は》りついているようだった。

「――まあ、困ってるときは……お互い様だから」

章彦が不本意ながらも認めると、太一は心底安堵《あんど》したふうに口許を綻《ほころ》ばせた。

「ありがとう、お兄ちゃん。俺も気軽に『いいよ』っていっちゃったから、駄目だって怒られたらどうしようかって思ってたんだ、事前に相談しなくてごめん」

「いいよ。太一は困ってる友達をほっとけないんだよな」

「お兄ちゃんも、きっとほっとけないっていってくれると思ったからだよ」

馬鹿だな――といつもの調子で太一の頭をこづこうとしたところで、突き刺さるような違和感のある視線に気づく。それはたとえるなら、常春の国に突如として吹き荒れるブリザードのような。

振り返ると、高林がなにやら口許に手をあてながら考え込むようにして、章彦と太一のやりとりを見つめていた。太一もその特異な視線に気づいたらしく、「なんだよ」と睨む。

「いや、どうぞ続けて？　麗しい兄弟愛に見とれてるだけだから」

「からかうなよ」

「——いやいや。ほんとに。……すげえブラコン」

ぼそりと最後につけくわえられた一言に、章彦がぴくりと反応する隣で、太一は笑いながら「変なこというなよ」といいかえす。

「まあまあ、俺のいうことなんて気にせずに」

高林は太一にからかうような目線をくれたあと、章彦と目が合うと嫌味なほどにっこりと微笑みかけてきた。

……なんて、いやなやつ。

第一印象は最悪だった。おまけにその夜、「お世話になるのだから」という気持ちを込めて高林が作ったという夕食が思いのほか美味かったという事実も、章彦の機嫌をさらに損ねる原因となった。とくに餃子に関して、太一が「お兄ちゃんのも美味しいけど、亮介のもなかなかだね」といったものだから。

「へえ……俺は今度、章彦さんの餃子、食べてみたいな。章彦さん、今日ちょうど作ってくれるつもりだったんですよね？」

「そうなの？　俺、亮介に食べたいって話したとこだったんだよ。お兄ちゃん、俺の気持ちを読んだみたいだな」

食卓を囲んでいるとき、太一にびっくりした顔を向けられて、章彦は「うん、なんとなく」と力なく笑う。高林はスーパーの買い物の材料から、章彦のメニューを察したらしかった。気遣いのつもりかなにか知らないが暴露されて、ひたすらおもしろくなかった。

実家にいるとき、働いている母親の代わりに家族全員分の食事の支度をしていたという高林は、おっとりとしている太一と違って、若い男にしてはあれこれと目端がきく。

年下でよく気がついて、料理上手な男なんてかわいくもなんともない。高林の作った料理をつつきながら章彦の胸中は複雑だった。自分とキャラがかぶる——それは陣地が侵略されることを意味していた。

二世帯住宅でキッチンは必ず分けるべし——その大原則が身に染みてよくわかる。一家に主婦はふたりいらない。

職場のデスクの上で、章彦は出来上がってきたばかりのサンプルを凝視した。

羊が二体、オオカミが一体。デザイン画をもとに外注していたヌイグルミだ。かわいらしく丸い体型にデフォルメされた三体とも、旅の装いをしている。

章彦は羊のマントの着丈を測りながら、もう五ミリは短くてもいいよな、とまち針で固定する。小さいものなので、一ミリサイズが違っていてもイメージが異なるので、神経を使う。

「あ、できてきたんですか。かわいい」

「そう？」

同じ第二企画開発室の女性社員の菊池《きくち》が、羊のヌイグルミの二体を手にとる。

「ふふ。弟くんのほうがやさしげな表情なんですね。お兄ちゃんは凜々《りり》しくて」

まるまる太った羊二体は兄弟という設定だった。オオカミは旅の連れ。

最近、弟の太一を無垢《むく》な仔羊に、その友人の高林をオオカミにたとえてあれこれ考えてしまうのは、担当しているこのキャラクターのせいに違いなかった。

章彦の職場は老舗《しにせ》の玩具《がんぐ》メーカーで、企画開発室に所属している。仕事の内容は企画・デザインに加えて、商品ライセンスの窓口なども担当するので多岐にわたる。純粋にアイデアだけをだしていればいいわけではなくて、扱うアイテムが多いので実際の作業は外部に委託することが多く、ディレクター的な役割が多い。

「久遠さんが扱うヌイグルミは必ずヒットするんですよね。これもイケそうな気がします」

「そうかなあ」

「……だって、ヌイグルミ王子だし」

菊池がふふふと笑いを洩らすのを聞いて、章彦は「やめてくれ」と顔をしかめた。

数年前、業界紙の取材を受けたとき、当時ヒットしたキャラクターのヌイグルミを担当した章彦が囲み記事で取り上げられたことがあった。たまたま顔写真の写りが貴公子のように良かったこともあり、業界内で評判になった。やがて一般紙やムック本などにも業界を代表する顔として取材され、ある女性誌の記事では「ヌイグルミ王子」とのコピーがつけられた。それに懲りて以来、いくら広報に頼まれても業界紙以外の取材には顔を出さないようにしているのだが、一度つけられた汚名はなかなか消えない。いまでは忘れたい黒歴史だ。

「俺はその呼び方、気に入ってない。禁止っていっただろ？」

「はあーい。ごめんなさい。でも、そうやってサンプルかかえてるところを見ると、ぴったりなんですもん」

菊池は隣の席に戻ってからも楽しそうに肩を震わせている。女性に「王子」と呼ばれるのは悪い気分ではないが、「ヌイグルミ」とくっつくと微妙だった。どんなに格好をつけても、ヌイグルミの一言ですべてが台無しにされる。ヌイグルミは大切な仕事だが、個人の人格とは切り離してほしかった。自分はそれほどメルヘンの世界に生きているつもりもない。

さて——と、章彦はためいきをつきながらサンプルに向き直った。

サンプルのヌイグルミは、もともとは児童書が原作になっているキャラクターで、羊兄弟とオオカミは旅をしている。群れからはぐれてしまった幼い兄弟が、仲間たちの元へと戻るための旅だ。オオカミは童話によくでてくるような歯をむきだしにしている悪いオオカミのイメージではなくて、暗い翳《かげ》りのある不器用なロンリー・ウルフ。「おまえたちのことなんてべつに心配してないんだけどなっ」といいながらも、羊たちの危機を何度も救っていつのまにか一緒に旅をしているという設定だ。

ほんとうはこの羊とオオカミの一行はメイン・キャラクターではなくて、本の主役は魔法の修行のために旅をしている少年なのだが、行く先々でよく遭遇する。「オオカミさんは悪いひとじゃないんだよね」が決め台詞の羊兄弟のかわいらしさとオオカミのツンデレ風味が人気らしく、加えて「どうしてオオカミは丸々太った仔羊を食っちまわないのか」という根本的な謎に応えるために外伝まで出版されている。

オオカミは作中ではほとんど「オオカミさん」と呼ばれるものの、実はオオカミ族の貴族の生まれで長くて舌を噛みそうな立派な名前がある。しかし面倒くさいので、章彦はオオカミをひそかに「ロンリー」とあだ名で呼んでいた。

ロンリーのマントはもう少しドレープをきかせる、羊兄弟のマントは五ミリ短く――などとサンプルのチェックをして考え込んでいるうちに、いつのまにかフロアもひとがまばらになっていた。気がつけばすでに夜の八時を過ぎている。太一には今夜は遅くなるとのメールを打ってあった。

フレックスでも導入してくれればいいのだが、古いメーカー体質なので、いまだに始業は八時四十五分。朝早いからといって定時通りに仕事が終わるわけもなく、章彦も太一が中学高校の頃はなるべく早く帰るためにそのぶん朝早く七時から七時半前後に出社していた。いまはもう大学生だからなんの心配もいらないのだが……それに、家には高林がいて、太一はひとりではない。最近は章彦が遅いときもやつが夕飯を作ってくれているし、それにもしひとりでいても、もはや淋しがることもないだろう。

早く大人になってくれたらいいと願っていたのに、手がかからなくなったら淋しいなんて……俺は子育てを終えて第二の人生を見つめる主婦か、違うだろう。

くだらないことの考えすぎで疲れたので、あとは家で見直すためにサンプルを持ち帰ることにする。「一緒にこい」とロンリーと羊たちを紙袋に入れて帰り支度をしていると、同期の山中《やまなか》が声をかけてきた。

山中はクマみたいに大きくて、ひげを生やしている丸い顔には愛嬌《あいきょう》がある。

「お。ちょうどいいや。久遠、帰るの？　これからメシ食いにいこうって。矢吹《やぶき》たちにも声かけたとこ」

「いや。いいよ。今日はロンリーたちと帰る」

玩具メーカーに入って一番よかったと思うのは、こういうことをいっても誰も奇異な顔をしないことだ。みんななにかのマニアだったり、こだわりをもっていたりする連中が多くて、総じて濃い。

「羊ちゃんたちのサンプルできたの？　見せて見せて」

山中が紙袋のなかからヌイグルミをとりだして眺める。

「おおっ。いいじゃん。いい出来じゃん。かわいいよ。羊は立体になったほうがかわいいなあ、やっぱり。キャラデザ、松本《まつもと》さんだっけ？　いいよ、いい」

「でも、ロンリーがな。微妙だろ」

「うーん。二次元だと、いいキャラなんだけどな。ヌイグルミになると表現が難しいかもな」

「そのロンリーを見て、実はツンデレだとか、オオカミ族の貴族だっていう出自の気高さがわかるか？　俺には丸い犬としか思えん」

「かわいいし、いいんじゃないか。本物のオオカミみたいに野性的にしたら怖いだろ」

「難しいんだよな、サンプル見たら、もう一度デザイナーと相談したほうがいいような気がしてきた。ただのヌイグルミだったらかわいいだけでいいんだけど、そもそもそれだったらオオカミなんて手にとってもらえないだろ？　キャラクターものはその背景が透けて見えないと。女の子はそういうリアルさというか、ファンタジーのほかに生活感が必要なんだっていうからさ」

山中は「ふうん」とヌイグルミを袋に戻しながら唸《うな》る。

「女児向けは難しいんだな。男児向けはひたすらメカニカルな方向に行ってるけど。女の子は『だからそこまで凝る理由はなんなの？』ってストーリーが必要になるんだよな」

男児向け——章彦も男児向けの第一企画開発室に異動して、ヌイグルミのマントをチマチマ裾あげをするのではなく、大好きなミニカーの車体のフォルムについて図面を見ながら検討してみたいと思ったこともあったが、いまは女児向けの企画開発に愛着をもっている。情緒的なものを追求していく作業はなかなかおもしろい。

山中にはまた今度つきあうと約束して、サンプルを持って帰宅した。太一からは「遅くなるなら、今日は外で食べるよ」というメールの返事がきていたから、留守なのはわかっていたが、誰もいない室内に入ると、なにやらしんみりしてしまう。

手早く冷凍ご飯でチャーハンを作って夕飯をすませてから、居間のソファに座って、ヌイグルミをとりだす。しばらくすると、家のなかの静寂が気になって集中できなくなった。会社なら、まだ他の部署のやつでも誰かしら残っている時間だ。やっぱり残って仕事をするべきだったか。

章彦はこんなふうに誰もいない家の空気には慣れているはずだった。ただ久々なので、とまどってしまうだけだ。子どもの頃、義母と太一が家にやってくるまでずっとこんな生活だった。

章彦と太一に血のつながりはなく、連れ子同士の兄弟だ。父親が太一の母親と再婚する以前は、章彦はいつも父親が会社から帰ってくるまでひとりで待っていた。

平日の夕食はほぼ毎日ひとり。母親は幼稚園に上がる頃には亡くなってしまったから、ろくに記憶にも残っていない。写真のなかの母親を見るたびに淋しくなったが、そのぬくもりを知らないだけ、どんなふうに恋しがっていいのかもわからなかった。父親は忙しかったけれども明るいひとで、休日にはいつも章彦を笑わせてくれた。それで充分だと思っていた。

ひとりでダイニングのテーブルに座って食事をしていると、空いている席に父が、そして写真の母が座って、みんなで食事をしているところをよく空想した。きっと今日学校であった出来事を話して、笑ったりするに違いない。想像すればするほどかなしくなって、ひとりで食べるごはんはしょっぱい味つけになった。

生活が一変したのは、十一歳のときのこと。義母と三歳になる太一が家にやってきた。父がいるだけで章彦は幸せだと思っていたが、やさしげな義母が「いってらっしゃい」「おかえりなさい」といってくれる毎日は花が咲いたみたいに鮮やかで眩暈《めまい》がした。義母は章彦と仲良くしようと努力してくれて、すぐに義理の親子の距離は縮まった。帰ってくると灯りのついている家、あたたかな食事、カラフルな彩りの弁当。どれもこれも章彦が欲しくても手に入らないと思っていたもの。それがいっぺんに手に入った。義弟の太一はかわいい盛りで、「お兄ちゃんお兄ちゃん」となついてくれた。

夢みたいに幸せな日々は数年続いて、ある日突然壊れた。両親の乗った車が事故にあって、帰らぬひととなってしまったのだ。でも、全部奪われたわけじゃない。太一がいてくれたから……。

ためいきをつき、章彦はコーヒーを淹《い》れてきて気分を変えてから、再びオオカミと羊たちを眺めた。

やっぱりロンリーが納得いかない。サンプルを手に載せたまま、腕を伸ばして、少し離れた距離から見つめる。睨めっこしているうちに玄関のドアが開く音がして、居間の戸口にひょっこりと高林が顔をだした。

てっきり太一かと思って、章彦はヌイグルミから目を離さないまま、「おかえり」と告げる。返事がないのでようやく振り返ると、高林が「ただいま」と悪戯っぽい笑みを浮かべながらソファに近づいてきた。

「誰もいなくて淋しいから、ヌイグルミと対話？」

高林の後ろを見ても、太一の姿はない。一緒ではなかったのか。

「太一は？」

「あいつはちょっと遅くなるって」

「へえ……また？」

最近、太一は夜に出かけることが多い。いままで彼女のひとりもいないのかと心配していたほどだから、章彦に説明せずに出かける場所ができたのはかえって喜ばしいことかもしれない。だが、複雑なのも事実だった。

「章彦さん。それ、仕事の？」

いつもは「お兄さん」とからかうように呼ぶことが多いのだが、ふたりきりのときは高林はなぜか「章彦さん」と呼ぶ。どういうつもりで使い分けているのかはよくわからない。

太一の留守に高林と対していると、章彦は微妙に雰囲気が異なることにとまどう。普段は章彦にだけ聞こえるように「馬鹿兄弟」と神経を逆なでするようなことをいったりするくせに、ふたりきりだと高林は妙に穏やかだからだ。

高林はソファの隣に腰掛けて、羊たちを手にとる。もこもこの手触りをたしかめるように頭をなでながら目を細める様子が意外だった。馬鹿にするかと思ったのに、ずいぶんといいとしそうな目つきだからだ。

「ヌイグルミ、好きなのか？」

「いや。……弟たちだったら、まだこういうの喜びそうだと思って」

「弟たち？　ふたりいるのか？」

　高林は珍しくごまかすように笑っただけで視線を落とした。どうやらふれられたくないことらしい。そういや母親の代わりに家事をしていたといっていたのに、彼が実家を出てきてしまっているのなら、いま家のなかはどうなっているのか。

「かわいいな。こっちはオオカミ？」

　高林は章彦の手の上にあるオオカミも取り上げてしげしげと眺めると、「ガオー」と獲物に食いかかるように章彦の顔に近づけてみせた。

「……なんてね。こんなかわいいオオカミじゃ怖くないよな。——な、おまえも自分でそう思うだろ？」

　高林は気障《きざ》っぽく笑いながらヌイグルミの顔を覗き込む。その様子を見ているうちに、章彦の頭のなかでピンと閃《ひらめ》くものがあった。

　べつに暗い顔をしているわけでもないのに、高林の顔に時折翳りらしきものがよぎって見えるのは、表情に妙な間が空くからだ。実際はなにも悩みなどかかえていないのかもしれないが、「なにかある」ような気がしてしまう。この表情を再現すれば、丸い犬にしか見えないロンリーにも思わせぶりな色気が——。

　ヌイグルミを置こうとする高林に「ストップ」と声をかける。「そのまま抱いててくれ」と頼むと、高林はとまどった顔をしながらも再びヌイグルミを手にとってくれた。

章彦はヌイグルミと高林を睨みながら、メモ帳に書き込む。『ヌイグルミで翳りをだすのは難しい。代わりにもうちょっと気障っぽくすること。挿絵でのロンリーの登場場面をもう一度確認して、相応《ふさわ》しい表情を探すこと。デザイナーに相談』

「——ありがとう。もういいよ」

「なんだかよくわからないけど、役に立ったのなら」

邪魔だと思っていた居候のおかげで、オオカミのデザイン修正の方向性が見えてきた。しかし、それはそれ、これはこれ。

「ところで高林くん。きみ、部屋探しはどうなってる？　初日にいくつか物件は見たっていってたろ？」

高林が家にきてからかれこれ二週間がたとうとしていた。せいぜい三日ぐらいで出ていってくれるかと思っていたのに、いまだに動く気配がない。

食費はこちらからなにもいわなくても太一を通じて「少ないけど」という言葉とともにもらっているし、夕食を作ったり部屋の掃除をしてくれたり、そういうところは妙にきちんとしているので、行く先が決まらないうちは頭ごなしに「出ていけ」ともいいにくい。

「ああ……あれはやっぱり駄目だってことになって」

「次は？　探してるのか？」

「まあ、ぼちぼちと」

高林は話をそらしたいのか、もう一度「ガオー」と、今度は自分の顔にオオカミのヌイグルミを押しつけた。「油断してたら食われたっ」と叫びながら、そのまま横に倒れ込み、ロンリーを顔にのせたまま起き上がらない。ごまかすところを見ると、たぶん部屋探しなど本気でしていないのだろう。

相手にしてやらないのもかわいそうなので、章彦はやれやれと高林の顔からヌイグルミを引きはがしてやる。

「おい、そのオオカミは高貴な生まれなんだから、悪食じゃないはずだぞ……ったく」

「――――」

ヌイグルミの下から現れた高林は、やけに澄んだ眼差しで章彦を見つめてきた。いつもの揶揄しているような表情とはまるで違う、口許に浮かべられたやわらかい微笑みは女の子が見たらきっと心臓に悪いような魅力があった。その印象的な笑顔でうたうように告げる。

「……かりそめの宿のはずが、思いのほか快適だったので」

「心にもないことを」

自慢ではないが、章彦は高林にはかなり酷い仕打ちをしている。太一の手前、直接「出ていけ」と口にするのだけはひかえているが、言葉以外の全身全霊でもって「出ていけ」と示しているはずだ。

「いえいえ、本気ですよ。ここは居心地がいい」

「嘘だ。俺に煙たがられてるのはわかってるんだろ？　前の友達のところで世話になったときもこんな感じだったのかもしれないけど、こうやってずるずる過ごすのはよくないぞ。もし、部屋を借りるのに手持ちの金がないっていうのなら、どのくらいあれば貯められるのかちゃんと計算してみろ。それほど長くないのなら、そのあいだはここにいてもいいし、目処《めど》が立たないならいったん親御さんのところに帰りなさい」

「——すごい。年上みたいな口きいてる」

「年上だ。きみより八つも」

さすがに凄《すご》みをきかせると、高林はぷっと噴きだした。

「そのわりには、章彦さん、かわいいし」

「——かわいい」

棒読みのようにくりかえす。高林はますますおかしそうに笑った。

「かわいいですよ。俺には、あなたが自分でも気づいてない別の顔が見える」

「なんだよ、それ」

「——淋しがり屋さん」

はあ？　と、章彦はもう一度オオカミのヌイグルミを高林の顔に押しつけてやった。

「なにいって……」

「太一なんてもうデカイんだから、わざわざしっかりと栄養満点の朝食なんて作って起こすことないのに。腹へりゃ勝手に自分でなんだって食うし、ほっといたって死にゃしない。なのに、過干渉で心配症の母親みたいにあれこれ世話やいててすげえ笑える」

珍しく高林と顔を合わせても穏やかな気持ちだった章彦だが、瞬時に頭が沸騰した。

「おまえに関係ないだろっ」

「太一をそんなふうにして突き放したことありますか。俺には怒鳴れるのに、太一には怒鳴れない」

「だから、なんの関係が」

「関係はないけど、傍《はた》から見てると、からかいたくなるってだけ。太一もわざわざ早起きまでして、章彦さんとごはん食べて『いってらっしゃい』っていってるみたいだし。……ったく、うちの弟たちに爪《つめ》の垢《あか》を煎《せん》じて飲ませてやりたい」

高林は途端にしかめっ面になってぼやく。

「きみのとこ、兄弟仲悪いのか？」

「かわいいけど、憎らしいですよ。章彦さんは太一のこと、きっとかわいいだけでしょ？」

たしかに太一のことを憎らしいと思ったことはなかった。なにしろ太一は章彦に無理をいわないし、いつでもしっかりしたいい子だったから。派手な喧嘩《けんか》もしたことがない。人工的に作られたような、理想的な兄弟。

「太一が——俺に気を遣ってるみたいに見えるのか……？」

「普通はね。でも、太一は好きでやってるみたいだから。よけいに『麗しい兄弟愛だな』ってからかいたくなる」

太一があまりにも優等生だから、章彦に対して「いい子」の仮面を見せているだけではないかと思ったことはもちろんある。

自分は血がつながっていないことなど意識したことはなかったが、太一にしてみれば違うのかもしれない。義理の兄だから、俺に遠慮している？

「きみ、俺が太一について知らないことがあると思うか」

「そりゃあるでしょ。太一だって、年頃だから」

――恋愛関係か。

章彦が深く突っ込んでこないので、高林は意外そうだった。

「なにもさぐろうとしないんだ？　そっちには興味ない？」

「あたりまえだろ。興味がないわけじゃないけど……勝手にやってくれていい。むしろ喜ばしいよ。いままで彼女がいないから心配して……だから、きみを最初に見たとき誤解したんだ。太一がその……同性愛なんじゃないかって」

「同性愛は駄目？」

「駄目じゃないけど……苦労するだろ。俺がたとえ理解しても、周囲は受け入れてくれないし。太一にはそんな茨の道を歩かせたくない」

「駄目だってわかってても、人は自分の進みたい方向に行くもんですけどね。でもまあ、家族なら当然の意見か。俺はゲイですけどね」

あまりにもさりげなくいわれたので、一瞬なにを告げられたのか理解できずに、反応するのが一拍遅れた。

「え？」

「俺はゲイですけどね――っていったの」

さっと顔をこわばらせる章彦に対して、高林は「ナイナイ」と手を振ってみせた。

「太一とは友達だから。ご心配なく。毎朝、部屋に入ってくるけど、章彦さんは俺と太一が一緒の布団にくるまってるの、目撃したことないでしょ？」

「そ、そうか」

安堵したものの、急にソファで座っている位置が近すぎる気がしてきて、章彦はそうっと距離を開ける。そんな動きを見て、高林は唇の両端をつりあげて笑った。

「そっちも安心してほしいな。章彦さん、最初に見たとき、外見は俺の好みでちょっとドキリとしたけど、性格はアウトだから」

「アウト？」

「いくら顔が綺麗でも、つきあうのに、マザコンとかブラコンとかが一番ウザイ。勘違いで空回りするノンケもめんどくさいし」

ほっと胸をなでおろさなければならない場面なのに、いちいちいいかたが癇《かん》にさわる。

「なんでおまえに選別されなきゃいけないいんだっ」

「選ばれたかったんですか？　外されて、光栄だろうに」

「ま、まあ、そうだけど……」

「自分が魅力的だから襲われると思った？　かわいい自惚《うぬぼ》れだね」

自意識過剰な反応なのは事実なので、なにもいいかえせない。理屈では、男なら誰でもいいわけではないとわかっていても、自分に危険が及ぶかもしれないと考えると、ひとは冷静に判断できないものだ。

からかうように顔を覗き込んでくる高林から、章彦は気まずさのあまり目をそらす。

「悪かった。失礼なことをした。きみが俺を好きになるわけないのにな。偏見があるわけじゃないんだ。ただ俺は……」

「いいよ。そういう自惚れ、嫌いじゃない」

吐息のような囁く声に振り返って、章彦は高林の顔がすぐ目の前にあることに気づく。近すぎて、驚きのあまり息を呑む。

「え――」

ふざけているだけかと思ったが、高林はやけに澄んだ瞳をして章彦を見つめる。いつも飄《ひょう》飄《ひょう》としている姿とは別人のような――時折、見せるような翳りのある表情から、目を離せなかった。

「え？」

章彦が反応できないでいるうちに、腕をつかまれて体重をかけられ、ソファの上に押し倒された。自分の上になっている高林を、章彦は茫然《ぼうぜん》と見上げる。

「え？　え――？」

「――」

いつ「ばーか、冗談だよ」といいだすかと思ったのに、高林はなにもいわなかった。

無言のまま、じっと章彦を見つめてくる。瞳は静かな熱をおびてきて、張り詰めたような表情が少しずつやわらいでいく。けれど、章彦に注がれるまっすぐな眼差しはそらされることがなく――。

抵抗しようと試みるものの、両腕をはりつけにするように押さえられていては身動きがとれない。

力で拘束しているというのに、高林の表情はいとしいものを見つめるみたいに静かで穏やかだった。思わずこちらが無理やり押し倒された事実を忘れてしまうほど。

見つめられているうちに、力の入らない手が小刻みに震えてきた。それに気づいたのか、高林がふっとやわらかく笑う。

「どきどきする？」

「――さ、寒気がする」

え、と高林が目を丸くして、押さえつけている腕の袖をめくりあげ、肌をなぞる。

「あ、鳥肌たってる。ほんとに男、駄目なんだな。少しもドキリとしない？」

「――早くっ、俺の上から退《ど》けっ」

ようやく叫ぶと、高林はくっくっと笑いだした。

「笑ってないで、早くっ」

「やだよ。新鮮だから。あんた、ほんとにおもしろいね」

「いいから、この体勢を早くやめてくれ」

「キスしたら、どうなるのかな？　鳥肌どころじゃすまないよな」

「やめ――！」

駄目だ、やられる――。

顔をそむけて、ぎゅっと目をつむる。しかし、いつまでたってもその気配はなかった。

おそるおそる目を開けると、高林は身をかがめて、顔を近づけてはいたものの、すんでのところで動きを止めていた。

ひっかかった、と笑われたら、殴ってやるつもりだったのに、神妙な顔をして章彦を見つめている。目が合うと、高林は弱りきったような笑いを見せた。はにかむような目許。

「嘘。するわけないだろ」

悪戯っぽく章彦の前髪をそっと引っぱると、からだを起こす。

「ごめんね。悪ふざけがすぎた」

「………」

悪ふざけなら最後までふざけてくれればいいものを、ほんとうに申し訳なさそうにされると、こちらもどういう反応をしていいのか困る。

だって冗談――なんだろう？

高林も調子が狂うといった様子で小さく息をついて、章彦の上から退こうとする。そのとき――。

「お兄ちゃん？　亮介？」

いつのまに帰ってきたのか、太一が居間の入口に茫然と突っ立っていた。表情がこわばっている。

「なにやってるの？」

「ん？　プロレスごっこ。お兄さんをホールドして、俺が勝ったとこ」

高林は動ずることなく答え、ソファから立ち上がる。

「プロレス？」

「そう。お兄さん強くて、俺が負けそうになったけど、すんでのところで逆転」

肩をすくめると、「あー、危なかった。やられちゃうとこだった」と呟きながら居間を出ていく。やられそうになったのはこっちだ、と章彦はその背中に口のなかで吐き捨てる。

取り残された章彦と太一のあいだには、奇妙な沈黙が流れた。突き刺さるような視線が痛い。

「お兄ちゃん、亮介とプロレスなんてしてたの？」

「え……う、うん。まあ」

まさか押し倒されてキスされそうになったとはいえない。

太一は高林がゲイだということを知っているのだろうか。部屋を追いだされた彼に、「うちにこい」と誘うくらいなのだから、当然知ってるのか。

どうして黙ってたんだと問い詰めたかったが、友達の性癖などべらべらしゃべるものではないと反論されたら返す言葉もない。

「亮介と仲いいんだね。びっくりした」

「そりゃ……もう二週間もいるし。普通に世間話くらいは」

「そう。世間話もするし、プロレスもするんだ？」

最初は章彦と高林が不仲なのを気にしていた様子なのに、なぜ刺々《とげとげ》しいものいいをするのか。なんだよ。なんだっていうんだよ。そう問いただしたいのに、軽く睨まれてしまい、なにもいえない。

「——俺、風呂入る」

太一は硬い声で告げると、踵を返して部屋を出ていった。

どっと力が抜けてソファに倒れ込む章彦の頭のなかに「?」マークが乱れ飛ぶ。一度も兄に反抗したことのない太一がどうしてあんな態度をとるのか。

お兄ちゃん、おまえになにか悪いことしたか?

可能性その1、自分もプロレスごっこをしたかった。可能性その2、お兄ちゃんを取られたみたいでやきもちをやいた。可能性その3、友人の高林がお兄ちゃんと仲良くしてるのが気に食わなかった。

その1は却下、幼い頃から太一がプロレスごっこをしたがったことはない。その2もあやしい。なぜなら、太一は章彦と高林の仲を「気が合わないの?」と気にしていたからだ。あれは仲良くしてほしいという意味だろう。

じゃあ、残るはその3。実際に仲良くしてるところを見たら、友人と兄が親しくなってしまうのがイヤだと気づいた——?

「その3」の可能性が一番高い気がして、章彦は太一の不審な態度を考えれば考えるほど落ち着かなくなった。「その2」であってほしいけれども……。

はたして、嫉妬《しっと》されたのは、自分か、高林か。

その翌日、太一はいつもどおりに起きてきて、章彦と一緒に朝食を食べた。つとめて冷静に振る舞っているのが見てとれて、「昨夜はどうしたんだよ」と蒸し返せるような雰囲気ではなかった。高林は珍しく朝食に下りてこない。いつもは眠そうな顔をしながらも、太一のあとにふらふらと起きてきたのに、なにか揉《も》め事でもあったのかと勘ぐってしまう。

「太一……あの、高林くんのことだけど」

「亮介がどうしたの？」

何事もなかったように平静に返されると、かえって話しにくかった。

「……彼、まだ部屋決まらないのか？」

「そうみたいだね。せっついてはみるけど」

そっけなく会話が途切れる。箸を動かす音と、茶碗をテーブルに置いたときの音がやけに目立つほどの静寂につつまれて、食事が満足にのどを通らない。

太一とふたりでとる朝食は、いつでも章彦の心のオアシスだったはずなのに、この寒々しさはなんなのだろう。

「彼……その、ゲイなんだって？」

直球すぎたせいか、太一は驚いた顔を見せた。

「なんで知ってるの？」

「本人がいってたから。なんだ、おまえも知ってるんだな」

太一は章彦にさぐるような目を向ける。

「それで……？　亮介はお兄ちゃんになにいったの？」

「いや。ゲイだってこと――」

章彦は言葉を濁した。話を続ければ、高林と太一の仲を疑っていたことがばれしまう。

太一は徐々に険しい顔つきになった。

「それだけ？　自分がゲイだって？　だから、お兄ちゃんは今朝、『部屋決まらないのか』って俺に聞いたわけ？　亮介がゲイだって知って、早く出ていってほしいから」

「え――」

太一の声が神経質に尖《とが》るのを聞いて、章彦は「違う」と焦る。太一が兄に友人を馬鹿にされたと思い込んで、憤っているのは明白だった。

「ごめん。そうじゃない。俺の言葉が足りなかった。ずるずるとここにいるのはよくないと思ってるけど、ゲイだから出ていけってわけじゃない。普通の子でも一緒だ」

「でも、お兄ちゃん、そういうの嫌いじゃないか。高校のときのことも……毛嫌いしてるだろ。いまだにクラス会だって一度も参加してないの、あのひとのせいなんだろ」

「あれは――高林くんのこととは関係ない」

冷や汗がでる。章彦は高校のとき、同性の友人と揉め事になったことがあった。太一は小学生だったはずだが、覚えているらしい。

「関係なくないよ。俺はお兄ちゃんがあんなふうに怒ったの、見たことない。びっくりしたからよく覚えてる」

いいわけしようと思ったが、いまはなにをいっても火に油をそそぐ結果にしかならない気がした。

両親が生きてる頃から、派手な喧嘩はしたことがない。いくら兄弟仲がいいとはいえ、それも不自然だとどこかで思っていたが、こんなことでいいあらそうはめになるなんて。

胃がきりきりする。時計を見て、出勤の時間が迫っていることに救われた。

「ごめん。お兄ちゃん、会社行かなきゃいけないから。この話はまた今度な。それから……高林くんにも偏見はもってないってちゃんと伝えてあるから。おまえの友達を——その、傷つけるつもりはなかったんだ。ごめんな、ほんとに。朝からする話じゃなかった」

太一は硬い表情のまま「わかってる、そんなこと」と呟いた。

「ただゲイだからって、亮介を悪くいわないでほしいんだ」

憤っているというよりは、かなしげといってもよい表情を見せられて気が動転した。そんなに高林を悪くいわれるのがいやなのか。太一はもしかしたら、あいつのことを……。

「いってきます」

上着を羽織り鞄を手にしてダイニングをあとにしたものの、いつものように「いってらっしゃい」と見送る声は聞こえてこなかった。

玄関で靴を履く際、紙袋のなかのヌイグルミのサンプルにふっと目がいく。額をつけあっている、仲むつまじそうな羊兄弟。ずっと続くと思っていたわけじゃないけれど……。

感傷的な気持ちになっていると、家の門扉を出たところで思わぬところから見送りの声をかけられた。

「いってらっしゃーい」

家の二階のバルコニーに、煙草を吸いながらこちらを向いている高林の姿が見えた。

なにかあったのかと思ったが、単に寝坊していただけらしい。高林の表情はいつもどおりだった。こちらを見つめる強い目の光、うすい笑みを浮かべた鷹揚《おうよう》な唇。

章彦の顔色が悪かったせいか、高林は「おや」と瞬きをくりかえした。

「どうしたの、具合でも悪い？」

「……いや、大丈夫だよ」

「ほんとに？　いってらっしゃい。まあ無理しないように頑張って」

高林は煙草を口にくわえながら章彦に向かって手を振った。

「――行ってきます」

背を向けて歩きだした途端、章彦の口からためいきが洩れる。

太一は……もしかしたら、あの男が好きなのか。

3

仕事を終えて帰ろうとしたところ、「今日こそは飲みに行こう」と山中につかまった。金曜日だったし、つきあってもいいかと観念して、章彦は会社近くの居酒屋の暖簾《のれん》をくぐる。

いつもならアルコールが入ると、冗談まじりに仕事の愚痴が出てくるが、今日はそんな気分でもなかった。

週末の金曜日らしくにぎわっている店内。山中の話を聞きながらも、ふっとためいきが洩れる。辺りには笑い声が響いているのに、自分の内的空間だけは静まりかえったまま。その静寂には太一の顔がぼんやりと浮かんでいる。そしてもうひとり――高林の顔。

「なんか悩みでもあるの？　いつもと違うなあ」

山中はめざとく章彦の複雑な顔に気づいたらしかった。クマさんみたいに愛嬌のある顔だが、にこやかで誠実そうな目許には「俺になんでも話してみなよ」的な吸引力がある。

「いや……弟が、ちょっと」

男だということは伏せて、弟に好きな相手ができたみたいなんだ、と告げる。親身に相談にのってくれるのかと思いきや、途端にあきれた顔をされた。

「弟？　勝手にやらせとけばいいのに。なんで久遠が弟の恋愛を気にするんだよ」

「あんまり良くない相手に思えるんだよ」

「馬鹿じゃないのか」

ばっさりと切り捨てられて、いっそのこと心地いい。噴きだして「うるせえ」とこぼす。

「心配しちゃ悪いか。うちはもう両親いないしさ、弟が唯一の家族だから」

「まだ若いんだし、いいんじゃないの？　良くない相手だって、一度くらい痛い目みとけば。学ぶよ、きっと」

「だけどさ……」

たしかにそのとおりだった。だが、気になる。なぜなら……。

「ブラコン」

山中はその一言がいいたくてたまらなかったとばかりににやにやした。

「うるさい。……あー、いうんじゃなかった」

「弟のことより、仕事の心配でもしろよ。サンプルの修正、できてきた？」

「いや、まだ……このあいだデザイナーさんと相談したばかりだから」

例のオオカミのロンリーのことを考えると、再び高林の顔が浮かんできてしまうから因果だった。どこまで俺を困らせれば気がすむんだ、まったく……。

「仕事もそうだけど、久遠は自分の彼女だっていまいないだろ？　弟の心配よりも優先することがいくつもあるだろうに」

「そっちは当分いいよ」

「なんで」

「――いつも振られるから」

しかめっ面で苦いビールをすする。

章彦はそれなりに女性とつきあった経験がある。容姿は一応王子様系といわれて端整だし、面倒見のいいお兄さんに見えるらしくて、モテるほうだからだ。結果、甘えたがりのかわいい女の子とつきあうことになるが、見事なほどに章彦のほうが愛想をつかされる。甘えん坊で独占欲の強い彼女は、たいてい「いつも弟くんのことばっかりね。いったいどっちが大切なの？」と決断を迫ってくる。返答に困る章彦に対して、彼女たちは非難の言葉を浴びせかけ、「もういい」と捨て台詞を残して去っていく。その背中を呼び止める台詞を、章彦はいまだに知らない。だからつねに同じパターンで振られ、そのたびに「お兄ちゃんを振るなんて、女の人は見る目がない」と太一になぐさめられている始末だ。

「いつも振られる原因はなんだっけ？」

山中は追い打ちをかける。

「――弟」

目の前で爆笑されて、章彦の表情はますます苦くなる。

「ほら、見ろ。久遠はいつもそうなんだよ。おまえの課題はまず、弟離れすること」

「……わかってるって……」

不愉快になりつつも、いちいちそのとおりなので反論もできやしない。一方的にやりこまれるのは好きではないが、腹にたまっていたものを吐きだせたおかげで、気分はすっきりした。

それから小一時間ほど飲んでそろそろ帰ろうと腰を上げたとき、テーブルの脇をすれ違っていく男がふと足を止めた。

「久遠？」

声をかけられて、「え」と振り返る。同じくスーツ姿のサラリーマンを見て、一瞬誰だかわからなかった。が、次の瞬間、詰め襟姿の制服姿が頭をよぎって、記憶が巻き戻される。

「伊藤《いとう》か？　うわー、久しぶり」

「ほんとに久しぶりだなあ。あー、ちょうどよかった。おまえ、クラス会、一度もきたことないだろ。いまちょうど幹事たちで集まっててさ」

「誰？」という顔をしている山中に、「高校のときの同級生」と告げる。連れがいるとわかっていても、伊藤はまだ話したい様子だった。どうしたものかと章彦が迷っていると、山中が気をきかせて背中をぽんと叩《たた》く。

「じゃあ、ごゆっくり。俺は帰る。払っておくから、あとでワリカンな」

山中が伝票をもって出口に向かうのを見送ってから、章彦は伊藤を振り返る。

「集まってるって、ここに？」

「そうそう。俺、ちょっと電話で外に出てたんだけど、座敷で飲んでるよ。おまえと仲いいやつ、みんなクラス会にきてるのに、おまえだけきてないんだよな。三塚《みつづか》とかと全然会ってないんだって？」

その名前を聞いた途端、脇に冷たい汗が流れた。高校のクラス会に出ない理由——。

章彦の高校は地元で進学校として有名な私立の男子校だった。男ばかりなので連帯感が強く、球技大会や文化祭などのイベントはかなり盛り上がって、楽しい高校生活を送ることができた。いまでもつきあいのあるやつもいるけれども、クラス会にだけは出席したことがなかった。なぜなら——。

いまさら帰るともいえず、伊藤に腕を引かれて、奥の座敷に向かったものの、章彦は胸の鼓動が速まっておかしくなりそうだった。この先には、ずっと避けてきたものが待っている。

「おーい、なつかしいやつ、捕獲した」

座敷のふすまを開けると、なかには五人ばかりが座っていた。「久遠じゃないか」と驚いたようにこちらを振り向くひとりひとりの顔を確認していく。

一番奥の席に陣取っている男の顔を見て、さっと目をそらす。相手はかすかに気まずそうなぞぶりを見せたものの、章彦のことをじっと見つめていた。

……いた。三塚だ。

「クラス会に集まるやつも、もう決まった面子なんだけどさ。俺たち、時々こうして飲んでるんだ」

「そっか」

回れ右をして逃げだすわけにもいかず、章彦は座敷のテーブルに腰を下ろした。「なつかしいなあ」とそれぞれの顔を見て、挨拶《あいさつ》を交わしているあいだはよかった。しかし、「三塚とも久しぶりだろ」と話を振られた途端、章彦の口許がこわばった。

「——そうだな、久しぶりだな」

三塚久志《ひさし》はなつかしそうに目を細める。まともに見つめあわないように、章彦は目線を下げた。「久しぶり」となんとか言葉を返すものの、声が硬い。

「なんだよ、他人行儀な」

微妙な雰囲気を感じとったのか、伊藤が突っ込んでくる。章彦は表情をこわばらせながら、「ほっといてくれ」とやりかえしたいのをこらえるのが精一杯だった。

こちらがこれほど不自然に意識しているのに、対する三塚は緊張しているどころか、やんわりと場をなごませるような口をきいた。

「——ほんとに久しぶりだから照れるんだよ。なあ」

こめかみがカッと熱くなる。なんでもないような声をだして……そうか、おまえのなかではもう過去のことなのか。いや、現在形だったらもっと困るけれども。

高校の頃から同年代のなかでは大人びていたが、いまも三塚久志の落ち着いた雰囲気は変わらなかった。みんなが馬鹿話をしているなかで、ひとりだけべつのことを考えているような風情も昔のままだ。

ゆっくりと煙草をくわえるあの唇の感触を、章彦は知っている。

一番仲がいいというわけでもなかった。

三塚とは一緒に遊ぶグループだったが、章彦がもっとも親しくしていたのは同じ中学出身の知原《ちはら》という同級生だった。

特別に三塚との距離が縮まったのは、章彦の両親が自動車事故で亡くなったあとだった。忌引きが終わって、初めて学校に行ったときのこと、知原をはじめみんなが口々に「大変だったな」と声をかけてくるなか、章彦は気丈に「うん、なんとか、ありがとう」と気遣いに対する礼をいいつづけた。

太一もいるし、自分がしっかりしなければいけないのはわかっていた。いくら泣いたって、亡くなった両親が戻ってくるわけでもない。

だけど、帰りがけになって、三塚が休んでいたあいだのノートを貸すと声をかけてくれたとき、ふっと気がゆるんだ。ありがとう、と笑ったつもりなのに、ちゃんと笑えてなかったのか。三塚がじっと章彦の顔を見つめて、気遣わしげにたずねた。

「大丈夫なのか？」

章彦はその瞬間、堪《こら》えきれないものがあふれてきて泣いてしまった。三塚がびっくりしたように目を見開いたときの顔をいまでも覚えている。彼が誰よりも落ち着いていて大人びて見えたから、自分も泣いても大丈夫だと思ったのだろうか。

もしかしたら、そのとき声をかけてくれたのが三塚じゃなくても、もうタイミング的にちょうどいっぱいいっぱいになっていて、誰を前にしても同じだったのかもしれない。三塚だったから、という特別な理由はなかったのかもしれない。

それまで頼りになる雰囲気のやつだなと思っても、グループのなかのひとりにしか過ぎなかった。だが、たいした意味などなくても、泣いたことによって、意味は生まれた。それは三塚にとっても同じらしかった。

それから急速に仲良くなったわけでもなく、やはり一番つるむ相手は別にいたし、相手にも他に仲の良い友人はいたのだが、章彦と三塚は互いに家を行き来するようになった。

グループでわいわい騒いでいるときとは対照的に、ふたりきりのときの時間は静かに流れた。章彦は親しい友人がひとり増えたのだと単純に理解していたが、三塚にとってはふたりで過ごしていることはもっと複雑な意味をもっていたのだろうか。

それを思い知らされたのは、三塚が章彦の家に遊びにきていたときのこと。太一は外に遊びに出ていて、家のなかはふたりきりだった。三塚とは洋楽の趣味があっていて、彼がもっている雑誌のバックナンバーを見せてもらっていた。部屋のなかに広げられた音楽雑誌。

「この記事、おもしろい」と指をさされたところに、「どれ？」と身を乗りだす。

三塚の肩に、章彦の肩がふれた。その刹那《せつな》、ふっと体温が近づいてきた。「え——」と瞬きをくりかえしているあいだに、唇に熱がふれる。

見つめあって固まったのも束《つか》の間《ま》、三塚はもう一度顔を近づけてきて章彦の唇にキスをすると、背中に腕を回して抱きしめてきた。

ようやくのことで我に返って抵抗するものの、すでに押さえつけられているので、腕から逃れることができない。そのまま床に押し倒され、馬乗りになられて、キスを浴びせかけられた。

やめろ、やめろ。何度も訴えたけれども、章彦を押さえつける腕は強くて、どうにもならなかった。抵抗しているうちに床に置いていた雑誌がぐちゃぐちゃになった。大切にしていたバックナンバーのはずなのに、三塚は気にも留めていない様子だった。

聡明《そうめい》な男だと思っていたのに、章彦がいやがっていることも理解できないのか、ひたすらキスをくりかえして「久遠、久遠」と耳もとに名前を吹き込む。ぞくぞくして、からだが熱くなってきて混乱する。

「お兄ちゃん？」

幼い太一が部屋を覗き込みながら問いかけてきた声のおかげで、はっと我に返った。

一瞬、腕の力が抜けた隙《すき》をとらえて、思い切り突き飛ばす。三塚がどんな顔をして自分を見つめていたのか、記憶に残っていない。それまで親しくしていたことも、なにもかも。

「――出てけよっ」

怒鳴った瞬間に、すべては砕け散った。

とりあえず明日朝早くに出かける用事があるからと、早々に居酒屋を出てきた。

「今度はクラス会出ろよ」との声に笑って応えながら、座敷の奥に座っている男にちらりと目を走らせると、ほかの同級生たちと変わらない笑顔で見送っている三塚の姿がそこにあった。

特別ななにかを期待していたわけでもないが、拍子抜けする。これが女の子相手だったら青く苦い記憶ですんだのに、相手が男というだけでしょっぱくなってしまうから厄介だ。

キスされたあとの対応は最悪で、後日、三塚は「わけがわからなくなった」と章彦に詫《わ》びを入れてきた。まだ好きで切羽詰まってといわれたなら理解のしようもあるが、わけのわからない状態で襲われたこちらはたまらない。あのとき、なにをどう感じたのか、もう正確には記憶していないけれど、「おまえの顔なんて見たくないっ。死ねよっ」と幼稚な罵《ののし》り言葉をぶつけたことは覚えている。その様子をまたもや太一に目撃されてしまい、怯《おび》えたような顔をされたことも。

再会しても、深刻になるわけにもいかないし、かといって「おまえ、昔、俺にキスしたよな？」と笑い話にするわけにもいかない。整理のつかないままの感情は、アルバムに貼るにはイマイチ写りの悪い写真と同じく、未分類のまま缶のなかにしまい込まれている。それを時折引っ張りだされると、「やめてくれ、隠しておいたままにしてくれよ」といいたくなるのだ。

高林には「偏見はない」といい、自らもなるべく思い出さないようにしていたものの、章彦にとって男同士の関係は鬼門だった。それなのに、弟が友人に恋している可能性があるとは皮肉なものだ。三塚とのキスシーンを目撃したのがトラウマになって、太一の性癖に悪影響を及ぼしているのでは——などと、よけいなことも考えてしまう。

憂鬱な気分になりながら家に帰り着き、章彦はドアの前で足を止めて深呼吸する。外で不快な出来事があったときは、それを打ち消すために家ではことさら明るい声をだすに限る。

「ただいま――」

「おかえり」

居間で出迎えたのは、高林だった。居候のくせにまるで主《あるじ》のように堂々とした風情でソファに座っているのを見て、笑顔が引きつった。太一が出迎えてくれるかと思ったのに……よりによっていま一番会いたくない顔だ。

「太一は？」

ここのところ毎日、こんなやりとりが続いている。

「ん。出かけてる」

「どこへ？」

いままでそれを追及したことはなかったので、高林は意外そうな顔をする。

「興味でてきたんだ？　太一に訊《き》けば？」

先日まで、てっきり太一に恋人ができて、その相手のところに出かけているのかもしれないと考えていたが、予想が外れたいまはどこに出かけているのか気になる。なぜなら外には出かける理由がない。太一の好きな相手は、高林ではないのか。

高林がゲイだということで章彦が偏見をもっていると怒ったときの反応を思い返せば返すほど、そうとしか思えなくなっていた。あいつ、片想いの相手が困っているのを見て「うちにくれば？」と声をかけたものの、実際はふたりきりで部屋にいるのがつらくて困ってるんじゃ……？　いや、もしかしたらいままでは普通に友達だったが、同じ部屋で寝起きするようになってから意識しはじめた……？　ありえるありえる。

妄想が膨らみすぎて、しかもそれが自分にとってはおもしろくないことばかりなので、ためいきしかでてこない。

「章彦さん、お疲れ？」

「——社会人はいろいろあるんだ」

「そっか」

相変わらずひとを揶揄しているような微笑みを向けられて、いつもならイラッとくるはずなのに、今日はなぜか感傷的な気分になる。

こいつは図太そうだけど、太一は繊細だからな、かわいそうに——。

弟が不憫《ふびん》なあまり、章彦は「こいつのどこがいいんだ？」と検分するように高林を見つめる。執拗《しつよう》な視線に気づいたのか、高林は不思議そうに振り返った。

「飲んできた？　お腹《なか》すいてないですか。なんか軽く食べる？」

「そうだな、ちょっと……」

いつもそうやって気を遣われてたずねられても、そっけなく「すいてない」と否定するのがつねだったせいか、高林は驚いた顔で「じゃあ、待ってて」と立ち上がった。

いったいなんの気まぐれなんだ、と章彦は自身に問いかけながら、上着を脱いでネクタイをとってソファに腰を下ろす。気まぐれというよりも、ただ——今夜はひとりで部屋にこもりたくないような気がした。

ずっとクラス会に出られなかった原因にばったり会ってしまったというのに、当の本人はキスしたことなど気にした様子もなく笑っていた。意識して、ひとりで空回りしていたのは自分だけ。おまけに癒しとなってくれるかわいい弟は男に片想いしてるみたいだし、つれないし冷たいし、どこかに出かけていて帰ってきやしない。家に帰り着いても、出迎えてくれるのは弟の憎き片想い相手ということで、少々自棄《やけ》になっていたのかもしれない。ささくれだった気持ちを和ませてくれるのならなんでもよかった。

「はい、どうぞ」

高林が手早く作ってきてくれたお茶漬けは、塩昆布とオクラと葱がのっていて、緑茶をかけて食べると、あっさりとしていて口にいくらでも入った。完食したあとで「美味いよ」と感想を述べると、高林はいつもどおりに唇の端に笑いを浮かべて満足そうにテレビに目を移した。

高林が見ているのは、ケーブルテレビの動物のドキュメンタリー番組だった。放映されている画面ではライオンの雌が狩りをしている。ハンターとなった雌が獲物に襲いかかる。

「うわ」と思いながら見ていると、今度はハイエナと雄ライオンの闘いの場面になる。ライオンの牙《きば》ががっぷりとハイエナののどに食らいつく。まさに弱肉強食。

「ひどい。容赦ねえ」

ライオンが何頭かで連携してハイエナを追いつめる場面を見ながら章彦がぶつぶつ呟くと、高林がちらりと横目に見る。

「あんたってテレビ見ながらしゃべるひとなんだね」

「……悪いか？　……」

「いいけど。おもしろいから」

あっさりと応えて、画面のほうを向く口許が笑っている。

章彦はもうなにもしゃべるまいと思っていたが、長年の癖がそう簡単に抜けるわけもなく、気がついたら「駄目だ、やられる、ほら、後ろから」と獲物が捕らえられる場面を実況中継していた。

高林は肩を震わせて笑いをこらえるような顔をしながらも、からかうことはなかった。

「章彦さん、トラとライオンって、どっちが強いか知ってる？」

「生息してる場所が違うだろ？　やつらがバトルすることあるのか？」

「ネットで闘ってる動画見たことある。動物園みたいなとこで」

「ほんとに？」

その後も章彦がテレビを見て洩らす声に反応して、高林はなにげない話題を振ってきた。

ひとりでしゃべらせておくのもかわいそうだから相手をしてやるか、というつもりなのか。

高林は動物が捕食している映像を見るのが好きなのだと話した。ワニが鳥を丸呑みしているところなどゾクゾクしてたまらない、と淡々と語るのを見て、聞いているほうがゾクゾクした。どういう趣味だ。

「俺はだいぶストレスがたまってるから、そのせいかもしれない。野性の血がさわぐのかな。本能のままに生きる獣がうらやましい」

どちらかというと気ままに振る舞っているように見えるので、その発言は意外だった。

「きみ、充分好き勝手にやってるみたいじゃないか」

「どこが？　俺は理性に縛られた、つまらなくておとなしい生き物ですよ」

「嘘つけ」と笑いながら、いつのまにかひどく馴《な》れあうような雰囲気になっていることに気づいてはっと困惑する。

誰かとしゃべりたい気分だったから仕方ない。ゲイだと告白されても、自分はアウトだといわれているのだから、高林を変に警戒する必要もなかった。それでも先日、太一にプロレスごっこだといいわけしたときのこと——ソファに押さえつけられた記憶を甦《よみがえ》らせると心穏やかではなかったが……。

気がつくと、テレビを見ていたはずの高林の視線がじっと章彦に向けられていた。

「なんだよ？」

「いや——章彦さんて、黙ってるとちょっと近づきがたいようないい男なのにもったいないなって。しゃべると、一気に所帯じみるよね。おばちゃん的感覚っていうか」

「大きなお世話だよ」

「彼女は？　いるの？」

「募集中」

高林は「へえ」と含み笑いを浮かべて目をそらす。馬鹿にされたようで胃がムカムカする。

「きみは？　いるのか？」

「ん？　募集中」

章彦の口まねをして、高林はにっこりと笑う。まったく食えないやつ。

「好みは？　好きな男のタイプとか、あるんだろ？」

「――――」

高林は途端に複雑そうな表情を見せてしばし考え込む。

「章彦さん、俺に興味があるの？」

「なんでそうなるんだよ」

「……違うのか。さぐり入れられてるみたいだったから、てっきり」

「違うよ。フツーの世間話。おまえも充分、自惚れてるじゃねーか」

誤解されてはたまらない。しかも、少し引くような、興味をもたれるのがいやそうな顔をされるのはなぜなんだ。万が一にもないけど、俺に好かれたら迷惑なのか。

「章彦お兄ちゃんは、俺にだけ口が悪いねえ」

指摘されて、章彦は「そ、そんなつもりないけど」と咳払《せきばら》いをする。

「いいけど。俺に気を許してくれてるんだよな。光栄ですよ」

ものをいいやすいのはたしかなので反論できず、章彦は唸った。どうもやつのペースにのせられると、本来の自分を見失ってしまう。

「高林くん、きみ、部屋……探してるのか？　このあいだ、ちゃんと考えないなら、実家に帰りなさいっていっただろ？」

「なんだよ、いきなり。とってつけたみたいに。話そらしたいの？」

「いきなりじゃない。ずっといってるだろ？」

高林はちらりと章彦の顔色を窺《うかが》うような目をした。

「――実家に帰れない理由があるんだよね」

「なんだよ、理由って」

「……居場所がないんだ。母が再婚してしまって。義父がね、俺がいると困るみたいだから」

思いがけない打ち明け話に、章彦はどう口を挟んでいいものか迷う。

「きみ、弟さん、いるっていってなかったか？」

「弟たちはまだ小学生なんだ。だからいいけど、こんなでっかい図体の息子はもう独立してくれたほうがいいだろ」

たしかに大学生になって、いきなり見知らぬ男が「父親になる」といっても複雑かもしれない。章彦も小学生のときとはいえ、父親に再婚すると告げられた当初はいろいろ考えた。義母と太一に会った瞬間、不安は吹き飛んでしまったが。

「家を出るつもりなのか……？」

「最初は居心地が悪いから、友達のところを泊まり歩いてて……で、ずるずると。母も義父も家から通える距離なんだから、帰ってきなさいっていってるんで、なかなか自分でアパートを借りる決心がつかない。でも、金はバイトして貯めてる最中だから」

事情を聞いてしまうと、「早く出ていけ」といいにくくなってしまった。まずい。これではますますやつのペースではないか。

「だから……章彦さんには申し訳ないんだけど、もう少しいさせてもらってもいいかな。両親にはきちんと納得してもらって、部屋を借りるときに保証人になってもらわなきゃいけないし」

聞かなきゃよかったと思っても、後悔先にたたず——親の再婚は自らが体験したことでもあるので、その頼みを突っぱねるわけにもいかなかった。

「まあ……そういう事情なら……少しのあいだは……」

「助かる。ありがとう」

考えてみれば、高林も太一と同い年なのだ。章彦は年長者として見守ってやらなければならない立場なのかもしれない。それに、母親が再婚してしまって、自分の居場所がないと悩むなんてかわいらしいではないか。

「章彦さん、ほんとにありがとう」

くりかえし礼をいわれてまんざらでもない気分になったが、高林がすっと身を寄せてきて三度目の「ありがとう」をいいながら手を握ってきたときにはぎょっとした。

感謝と好意の意思表示にしてはしつこく指をからめられて、表情がこわばる。高林は悪戯っぽくにっこりと笑った。章彦の顔がさらにひきつる。

「……きみ、俺のこと、『アウト』っていったよな？」

「でも、そうやっていちいち警戒するとこがおもしろいからさ」

からかわれたと知って、章彦は「ふざけるな」といやがらせのように絡みついてくる手をはねのけた。高林は「痛いなあ」と引っ込めた手をひらひらとさせる。

「残念だなあ。章彦さん、ほんとに顔だけなら俺のすごい好みなのに」

「知るか」

「いや、冗談ではなく、ほんとに」

一瞬向けられる、はにかんだような眼差しにドキリとする。先日、キスされそうになったときのことを思い出してしまった。心臓の鼓動がおかしくなるのはなぜなのか。おかげで今夜再会した三塚のことなど頭からすっかり消えてしまっていた。

その夜は珍しく早く帰ることができたので、章彦は太一の大好物ばかりの夕飯を作った。メインメニューは特製餃子。太一も高林も遊びにいくこともなく家にいたので、久しぶりに三人で食卓を囲んだのだが、空気がいやに重い。せっかく腕を振るったのに、とても和やかな食事風景とはいいがたい雰囲気だった。

「平日にこうやって揃《そろ》うのも久しぶりかな。ふたりも、どちらかが出かけることが多いしなあ、と太一の顔を見ると、「そうだね」とあたりさわりのない微笑みを返してきた。

「お兄ちゃんも忙しいしね」

「そ、そうだな」

いつもなら気を遣っていろいろ話してくれるはずの太一がそれきり黙ってしまうので、話が続かない。章彦は汗がどっとでてきた。

「お兄さんの餃子、やっぱり俺のと焼き方も少し違うね。でも美味しい」

高林はそれなりにしゃべるものの、さわらぬ神にたたりなしと決め込んでいるのか、兄弟のあいだに割って入ってくることはなかった。

表面上は穏やかなものの、太一は明らかに章彦に対して壁を作っているし、まっすぐに顔を見ようとしない。しかも章彦がなにをいっても硬い表情をしているくせに、高林がしゃべったときだけ伸びやかな笑いを見せるのだ。

——なぜ？

やっぱりやつが好きだから？

食事が終わったあと、章彦はなんともいいようのない敗北感に打ちのめされて脱力した。仲直りするつもりだったのに、太一の関心が高林にしか向いていないことを再確認しただけで終わった。おまけに太一は食事が終わったらすぐに部屋に引っ込んでしまった。いままでなら、章彦が早く帰ってきたときには居間で一緒にだらだら過ごしてくれていたはずなのに——もう完全に嫌われている。

「俺が洗い物するよ。章彦さん、あんまり気にしないほうがいいよ。太一はちょっとナーバスになってるだけだから」

「きみ、太一の様子がおかしい理由、知ってるのか？」

「まあ、年頃だから、いろいろあるんじゃない？」

章彦が高林のことをゲイだから追い出そうとした——と誤解を与えたことが響いているのだろうか。

お言葉に甘えて洗い物は高林にまかせて、章彦は二階に上がった。太一と少し話をしようかと考えたが、結局ドアをノックすることができずに自室に入り、ベッドに寝転がる。

原因は高林なのだろうか。

一緒に暮らしているうちに、章彦は高林のことをそれなりに認めていた。やつには「人たらし」の才能がある。

最初はあれほど毛嫌いしていたのに、いつのまにか章彦ですら高林のことを話しやすい相手だと認識している。つきあいやすい人間なのかもしれないが、うちの太一までたらし込まれるのは困る。

太一がもし高林を好きだといったら……高林はどうするのだろう。あの軽いノリで「ありがとう」と太一の手を握って、そのまま押したおすのか。

駄目だ、と頭《かぶり》を振りながら起き上がる。なにが駄目なのかはわからないが、とにかくそれはやめてほしい。悪いやつではないけれども……でも。

考えているうちに混乱してわけがわからなくなってきたので、章彦はとりあえず風呂に入って頭をすっきりさせることにした。

風呂場で熱いシャワーを浴びながら、先日久しぶりに見た三塚の顔を思い出す。どうしてやつをあんなに避けていたのか。べつに会ったからって、なんてことはなかった。少し気まずいだけ。俺ひとりがなにをあんなに気にしてたのか。

高林と太一。もしもふたりが……。

ふたりが抱きあっているところは想像したくなかった。男同士っていっても、どちらかが女役なんだよな。あいつら、どっちがどっちになるんだ？

風呂に浸《つ》かりながら、あらぬことばかり考えていたらのぼせそうになった。山中にいわれたとおり、少し弟離れしたほうがいい。太一が誰を好きになろうと関係ないじゃないか。どうかしてる。

でも……自分と三塚みたいには……。

もやもやしたまま風呂から上がると、あれこれ考えるのに没頭していて着替えを忘れていたことに気づく。もう十月も半ば過ぎなので空気はひんやりとしていたが、湯船でからだがあたたまりすぎていたのでほてりを冷ますにはちょうどよかった。バスタオル一枚のまま廊下に出ると、ちょうど洗い物を終えて二階に上がろうとしている高林の姿が見えた。

「——高林くん」

高林は驚いたように、バスタオル姿で飛びだしてくる章彦を見つめる。

「……なに？」

「ちょっと話があるんだけど、俺の部屋にきてくれるかな」

「——いいけど」

高林は目をぱちくりとさせながら、章彦のからだを上から下までじろじろと眺める。執拗な視線にたじろいで、章彦は「なんだよ」とあとずさる。

「念のために訊いておくけど、誘ってるわけじゃないよね？」

「あたりまえだろっ」

「だって、そんな格好で真面目な顔して『俺の部屋にきてくれ』なんていうからさ。目覚めたのかと思うじゃないか」

「どういう思考回路してんだ。……いや、そのことで、ちょっときみにいっておきたいことがある」

高林は意外そうに目を見開く。

「そういう話なの？」

「そうだ。太一に聞かれると困るから、とにかく俺の部屋にきてくれ」

「へえ、楽しみだな」といいながら素直についてきた高林を部屋に招き入れる。章彦の部屋のなかに入るのは初めてなので、高林は物珍しそうにあたりを見回していた。

飾り棚の硝子戸の中身がミニカーのコレクションだったり、入社して最初に手がけたキャラクターのカエルのグッズが並べられたりしている以外はごく普通のシンプルな部屋だった。ほかにもいろいろコレクションはもっているが、見えないところに隠している。

「ベッドに座ってくれ。……だから、つまり……俺の経験から話したいんだけど」

高林はベッドに腰掛けてから章彦を再び見つめ、少し弱々しげに笑ってうつむく。

「その格好のまま、話すの？　正直にいうと、俺はさっきから目のやり場に困ってしまうようがないんだけど」

自分が着替えることなど忘れていた章彦は、はっと我に返って腰のバスタオルを思わず押さえ直す。

「エロい目で見るなよ」

「そりゃ無理でしょう。目の前にあれば見るよ。章彦さんだって、バスタオル一枚の女の子が目の前にきたら、どうする？　『俺は見ないように目をそらす』なんて空々しく主張する嘘つきじゃないよな？」

質問をしながら逃げ道を塞《ふさ》ぐようないいかたが気に食わなかったものの、頷くよりほかなかった。

「そりゃ……見るよ。わかった。俺が不注意だった。きみにとっては、俺は異性みたいなものなんだな。じゃあ着替えるから、ちょっと部屋の外に出てくれ」

高林は「了解」とベッドから立ち上がって、部屋を出ていこうとする。すれ違うところで足を止めて、ちらりと章彦のからだを眺める。

「綺麗なカラダしてるね。もっとガリガリか、腹でもでてるのかと思ってた。結構そそられる」

ぞわぞわとして、章彦は自らの両腕を抱くように手を這《は》わせる。

「寒気してきた？　また鳥肌たててるなよ」

高林は愉快そうに声をたてて笑いながら部屋を出ていった。ぞくりとしたはずなのに、腕に鳥肌はたっていなかった。代わりに背すじからぶるっと震えが走って、あとは胸のなかにわけのわからないかたちのものが残る。不規則になりはじめる心臓の音を、章彦は不思議な気持ちで聞いていた。

パジャマに着替えてから、部屋の外で待っている高林を呼びに行く。先ほどは豪快に笑っていたのに、気のせいか少しばかり消耗しているように見えた。

あらためてベッドに座ってもらって、章彦はその隣に腰を下ろす。高林は瞬きをくりかえして苦笑する。

「距離が近い。俺が女の子だったら、つきあってるわけでもないのに、そんな近くに座る？ もっと気を遣ってほしいな」

「あ……そうか」

居間でソファに座っているときは、このぐらいの距離でもなにもいわなかったくせに。そんなデカイ図体されて、女の子扱いしろといわれても困る。

「さっきの章彦さんの色っぽいバスタオル姿がまだ目の奥にちらついてるから危ない。俺がその気になったら、どうするの？」

「——困る」

「でしょ？ じゃあ離れて離れて」

納得しながらも、ほんとにそんな危機感があるんだったら、これほど間抜けなやりとりがされるものなのだろうか。章彦は首をかしげつつ少し距離を開けてから、ごほんと咳払いをする。なにから話すつもりだったのか、高林とやりとりしているうちに忘れてしまいそうだった。

「俺の高校のときの話を少し聞いてほしいんだけど。三塚っていう同級生がいて……俺は、そいつにキスされたことがあるんだ。友達だと思ってたら、いきなりそういうことをされて、以来やつとは気まずくなった」

「――――」

「俺はそんな意味だと思ってなかったから……びっくりして……おい、なんて顔してるんだ？」

高林はあっけにとられたように章彦を見ている。

「なんでそんな顔をするんだよ」

「いや、だって……」

いままで誰にも話したことがなかったのに、告げた途端にあきれた顔をされると不安になった。しかし、高林が反応したのは違うところのようだった。

「だってさ――章彦さんは、そんな経験があるなら、なんで俺の前で無防備なの。さっきも風呂からタオル一枚で出てきたり、ベッドの上に座らせたり」

「きみは俺を『アウト』だっていっただろ？　警戒する必要あるのか」

「ああ。まあ、そうだね。はいはい」

高林は「続きをどうぞ」と促す。

「だから……その三塚にキスされたときに、押し倒されて、床に押さえつけられて、抵抗できなくなったときに、遊びに出たと思っていた太一が帰ってきて……」

「――激しくされたんだ？　無理やり押さえつけられて何度もキスされた？」

「そうだけど……なんでそんなこと訊くんだよ」

「いや、そこは重要なとこだし、個人的に興味があるから」

章彦が睨みつけると、高林は薄笑いを浮かべて、わざとらしい咳払いをしてから黙り込んだ。

「とにかく、そうやって身動きがとれないところに太一が帰ってきて、俺が三塚に組み敷かれてるところを見たんだ。……まだ十歳にもなってなかったから、たぶんショックだったと思う」

「……それで？」

「トラウマになったんじゃないかと思うんだ。男同士がキスするところなんて目にする機会はないだろうし……自分の兄貴が男とキスしてるなんて……血がつながってないってことは知ってても、やっぱり影響が……」

「――血、つながってないの？」

てっきり太一はそのことを話しているのだと思っていたが、どうやら違ったらしい。

「きみ、知らなかったのか？」

「全然似てないし、次男なのに『太一』ってのも珍しいかなと思ってたけど。へえ……そうか」

太一にしてみれば、わざわざ一緒に暮らしている兄が義理の兄弟だなんていうことでもないのかもしれない。

「……俺はまだ子どもだった太一にそんなところを見せてしまったことを後悔してるんだ。あいつにもし悪い方向で影響が残っていたら……」

「悪い影響、ね……」

硬い声で呟かれて、章彦は「あ」と遅まきながらに気づく。

「すまない。俺、もしかしたら、きみを傷つけるようないいかたしたか。その――男同士がどうこうじゃなくて、太一に無理やりなにかこう刷り込みをしたのではないかということをだな……」

「いいよ。普通のひとにしてみれば、そんなところでしょう。そうやってすぐに訂正するところもかわいいから、許す」

章彦は憮然《ぶぜん》と「許す」と棒読みにくりかえしたものの、突っかかるのも面倒くさいので話を先に進めることにした。

「だから、太一にはそういうトラウマがあって、現在になにがしかの影響を及ぼしてる可能性があるってことをきみには理解してほしいんだ」

「……つまり、章彦さんは太一が、男を好きなんじゃないかって思ってるわけ？　だけど、それはトラウマのせいだって」

話がスムーズに伝わったことに安堵して、章彦は頷く。高林は不思議そうに小首をかしげる。

「そう思う根拠は、どうして？　太一がなにかいったの？　章彦さんに？」

「いや、なにもいわれてないけど、なんとなくかな」

「なんとなくねえ。まあ、そういう疑いをもってるなら、章彦さんが太一と腹を割って、一度話してみればいいよ。……で、俺にそれをいうのはなんでなの？　ゲイの意見が聞きたいとか？」

ここからが本題だった。わざわざ高林に三塚とのことまで話したのは、頼みたいことがあるからだ。

「もしもだけど、太一が……きみを好きだったら、どうする？」

「――は？」

よほど意外なことをいわれたのか、高林は唖然《あぜん》とした様子だった。

「太一が、俺を？」

「あいつ……きみのことを好きなんじゃないかと思うんだ。だけど、あいつはもしかしたらトラウマのせいで勘違いしてるだけかもしれない。俺のせいだと思うと、いたたまれない。だから、もし太一に好きだといわれても、きみも慎重に考えてくれないか。すぐに手をだすようなことはやめてほしい」

「――――」

高林はまじまじと章彦の顔を見つめた。

「章彦さんは、太一が俺を好きだって思ってるの？　で、俺が告白されたら、あいつに手をだすって心配してる？」

「だって、きみは手が早そうだろ？　太一のことを、わけのわからないままにその気にさせそうじゃないか。それはやめてくれ」

「本気？」

「本気じゃなかったら、こんなことというわけないだろ。野暮だってわかってるけど、俺は太一にトラウマを負わせてしまった責任がある」

高林が口許を押さえてくっくっと肩を震わせるのを見て、章彦はむっとする。

「なんだよ。なにがそんなにおかしい」

「――ブラコン」

さんざん周囲からいわれ続けてきたことなので、そんな罵り言葉でいまさらひるみはしない。

「ブラコンで悪いか。きみになにか迷惑かけてるか？」

「いや、とくには」

「心配するの、あたりまえだろ。俺は血もつながってない兄貴だけど、あいつの親代わりなんだ。きみはノンケは相手にしないっていったじゃないか。太一とは友達なんだから、そんなことはしないでくれるだろう？」

とうとう開き直って訴える章彦を前にして、高林はしばらくどういう表情をしたらいいのか迷っているようだった。はあ、とためいきをついて、苦笑しながらやさしげに目を細める。

「でも、好きだっていわれたら、わからないよ？　人間だから、好かれたらうれしいし、いままで友達としか思わなかった相手だって、ある日を境にして、気持ちが微妙に揺れ動くこともあるかもしれない。そしたら、どうする？」

「いや、きみはそういう繊細なタイプじゃないだろう」

「なんであんたがそんなことといいきれるんだよ」

怒っているふうではなく、高林はひたすら愉快そうにいいかえすと、再び声をたてて笑いだした。

「笑いごとじゃない。俺は真剣に……」

高林はふっと笑いを消して、真面目な顔になった。

「でも、俺は太一のこと、素敵ないい男だと思ってるよ。やさしいし、年の割には人間できてるし。あいつにそういう意味で好きだっていわれたら、いやな気分ではないな」

たしかに我が弟ながら太一は好青年だ。告白されたら悪い気はしないに違いない。……絶句する章彦をよそに、高林はなにやらひとりで呟いていた。

「そっか……太一が俺をね……そう思うんだ。おもしろいな」

「手をだすなよ？」

「さて、どうしましょう？」

悪戯っぽい笑みを返されて、章彦の頭のなかでは以前テレビで見たライオンがハイエナに食らいつく場面が甦ってきた。もしくはワニが鳥を丸呑みする瞬間。

——だめだ、食われる。


変化は唐突に現れた。

「ゲイだからって、亮介を悪くいわないでほしいんだ」というやりとりがあって以来、どこか頑《かたく》なになっていた太一の態度がいきなりやわらかくなったのだ。

日曜日の朝、太一は珍しく先に起きていて、章彦よりも早く台所に立っていた。テーブルの上にはベーコンエッグにパプリカと刻んだゆで卵を散らしたサラダ、ガーリックトーストといった朝食が並んでいる。和解のしるしに朝食を作ってくれているらしかった。

朝の眩《まぶ》しい光のなか、エプロンをつけた姿を見て、章彦は幻じゃないかと何度も目をこすった。太一は章彦と顔を合わせても目をそらすことなく微笑んだ。

「お兄ちゃん……このあいだは変な態度をとってごめん。俺、ちょっと苛《いら》ついてたみたいだ。それに……亮介に部屋が見つかるまでいていいっていってくれたんだって？　ありがとう」

「いいんだよ。俺も言葉が足りなかったし。ごめんな」

あっさりと仲直りが成立したのは、部屋が決まるまで居候を認めたことを高林から好意的に聞かされたかららしかったが、これほど急激に態度が変化するなんて、いったいどんな魔法を使ったのだろう。

「——へえ、今日は太一が朝食作ってくれてるんだ？」

背後からのんびりした声が聞こえてきた。高林がにこやかにキッチンに入ってきて、太一の手元を覗き込む。

「なに？　デザートまで作ってるの？　リンゴ、剝《む》くの手伝おうか」

「じゃあ、頼もうかな」

高林が太一の隣に並んで立つと、途端に章彦の居場所がなくなる。「俺もなにか……」と手伝おうかと声をかけても、「お兄ちゃんは座って待っててよ」といわれる始末。

ダイニングテーブルに座ってぼんやりと頬づえをついていると、キッチンのなかからは楽しそうな笑い声が聞こえてくる。なんなんだろう、この疎外感。

章彦がそうっと覗き込むと、高林がからだを寄せて、太一にこそこそなにやら耳打ちしていた。おもしろいことをいわれているのか、太一はぷっと噴きだしている。

今日の高林はやけに太一に密着していた。笑いあうふたりの姿があやしく見えて仕方がない。

太一の身長は一七八センチで、高林はそれよりも心もち高く見えるから、一八〇センチ前後だろう。ふたりとも背が高いうえにスタイルがよくて、それぞれタイプは違うけれども男前には違いないので、並んで立つ姿はやけに目をひく。

それに高林が太一に向ける眼差しが不自然なほど甘ったるいような気がする。あいつ、いままであんな目をして太一を見ていたっけ？　もっとさばさばした感じじゃなかったか？

章彦の視線に気づいたのか、高林がちらりと振り返る。目が合った途端に、唇に三日月みたいな笑いが浮かんだ。「ほら」と太一をつついて、耳もとに囁く。

「太一、お兄ちゃんが『早く食べたい』って待ってる」

「ごめん。お兄ちゃん、先に食べてていいよ。いま、フルーツヨーグルト作ってるから」

章彦は憮然とした表情になりながら、ひとり先にガーリックトーストをかじった。美味し

かったはずだが、キッチンの笑い声が気になって、味などほとんどわからなかった。

太一がいては事情が聞けないため、高林がひとりでいるところをつかまえたかったが、なかなかチャンスが巡ってこなかった。

太一が外に出て遅くなる夜は、高林が居間でひとりでのんびりと過ごしていることが多かったのに、急にバイトを増やしたらしく、それほど家にいることがなくなったからだ。もしかしたら章彦に問い詰められるのを避けているのではないかと思われるほどのタイミングの良さだった。

章彦も仕事が連日忙しくなり、帰宅が遅くなる日が続いた。十二月のクリスマス商戦を前に自社で開催される展示会に向けて、担当している企画が遅れ気味だからだ。ある日、午前〇時を過ぎて家に帰り着いたとき、居間からテレビの音も聞こえてこないので誰も一階にはいないのかと思って「ただいま」もいわずに玄関を上がった。

すると、居間のソファに高林と太一が隣り合って座って、なにやらぼそぼそと小声で話しているのが聞こえた。

「……わかってもらえるかな」

「怖がってるのか？　大丈夫だよ」

「そうかな……きっとびっくりする」

いったいなんの相談だよ——と、問いただしたいのをぐっとこらえて章彦は足音を大きくたてる。

「……お兄ちゃん？　おかえり」

太一がびっくりした様子で立ち上がる。章彦は平静を装って「ただいま」と笑ったが、こめかみがぴくりとひきつった。太一の隣にいる高林が含み笑いを浮かべていたからだ。

「音しなかったから、気づかなかった」

「こっちだって、テレビの音もしないから、誰もいないのかと思ったよ」

見れば太一は外出から帰ってきたばかりらしく、着替えていない状態だった。上着と鞄がソファに転がっている。

「太一、風呂、まだなんだろ？　先に入ってきてくれよ」

「お兄ちゃん、先に入っていいよ」

「いや。俺はちょっとやることがあるから。今日はゆっくり入りたいし」

「そうか。じゃあ、お先に」

太一は素直に居間を出ていく。その後ろ姿を見送ってから、章彦はキッチンに行って水を飲んだ。

少し時間をおいて廊下に出て、風呂場の水音が聞こえてくるのを確認してから、居間に戻った。太一が風呂に入っているあいだに話をすまさなければならない。ちょうど高林はソファから立ち上がるところだった。

「――ちょっと高林くん。話があるんだけど、俺の部屋にきてくれ」

「また？」

予期していたように苦笑する高林を見て、なんでこんなに腹立たしいのかわからなかった。

二階の自室に入ってドアを閉めるなり、章彦は高林を睨みつける。

「……説明してくれるかな？　どういうことなんだよ」

「なにが？」

高林はとぼけたふうに目をそらす。

「なにがじゃないだろ？　なんで最近、太一にべったりなんだよ。どういうつもりだ」

「どういうつもりもなにも……俺と太一はもともと仲いいけど？」

「あんなにベタベタして、ひそひそ内緒話なんてしてなかっただろ？　きみの態度は明らかにおかしい」

「俺が、おかしい？」

「なんか妙に甘ったるい目つきで太一を見てるじゃないか」

突っかかる章彦を前にして、高林は悩ましげな様子になって息を吐いた。

「太一が俺を好きなのかもしれないなって思ったら、そりゃいままでとは違った気持ちにはなるよ。自然なことでしょ？」

「……………」

高林に告げたのは逆効果だった、といまさら気づいても後の祭りだった。

「手はだすなよ？」

険しい顔つきで睨みつけても、高林はあっさり「うん」とは頷かなかった。

「保証できないな。太一は友達だけど……もし好きだっていわれたら、やっぱり俺も冷静じゃいられないし。それに、なにしろ一緒の部屋にいるし。俺はいまフリーだしね。章彦さんには悪いけど、かわいいなって思ったら、気持ちが昂《たか》ぶって制御できなくなるかもしれない」

「おまえ、自分は理性に縛られてる、つまらなくておとなしい生き物だっていったじゃないか」

「でも、たまには冒険したくなるよね」

「……………」

再び頭のなかには、野生動物の補食の光景が浮かんでいた。バイオレンスでスプラッターな絵が乱れ飛ぶ。

「抑制しろ」

「二十歳《はたち》の若者にそんなこと強制されてもな。四捨五入すれば三十路でもう枯れ果ててる章彦さんとは事情が違うし」

「俺はべつに枯れてないっ」

「じゃあ、どうしてるの？　彼女いないんでしょ？」

「おまえに……そんなこと関係ないだろ」

章彦はやや語気を弱める。

高林は「ふうん」と意味ありげに笑いを洩らすと、章彦に近づいてきた。いきなり鼻をつん、と指でつつかれて凍り付く。

「交換条件しようか」

「——え？」

わけがわからずに見上げると、高林は甘い眼差しを見せて囁くように告げる。

「章彦さんが身代わりになってくれるなら、俺は太一には手をださないよ。約束する」

4

昼休みに携帯に伊藤からのメールがきた。先日、偶然居酒屋で出会った高校の同級生だ。もうクラス会の誘いでもきたのかと思ったら違った。

あの日、早々に座を辞してきたものの、教えてくれといわれたので伊藤とはメールアドレスを交換していた。三塚が章彦の連絡先を知りたがっているから、このアドレスを教えてもいいのかという問い合わせだった。

『おまえたち、なんか喧嘩でもしてるの？　三塚が了解とってくれなんていうからさ。べつに教えたっていいよな？』

——よくない。

しかし、三塚がよけいなことをなにもいわずに聞けば、伊藤はあっさりとアドレスを教えただろう。そうせずにわざわざ章彦に了解をとれというなんて、それなりの気遣いなのか。

いまさら三塚と連絡などとりたくなかったが、拒否したら伊藤は不審に思う。章彦は『いいよ』と返信するしかなかった。もし三塚から連絡があったら、そのときに態度を決めればいいことだ。

いったいなにをいってくるつもりなのか。考えると気が重い。友人のままでいられれば、気楽にいつでも会えたし、話もできた。三塚はそうしたい相手だった。あの出来事がなければ、太一にトラウマを与えることにもならなかっただろうに。

男同士がどうのこうのというよりも、友人関係から恋愛関係になるのはしんどい。恋人なら別れてしまえば二度と会わないですむ場合もあるが、友人だとその他の人間関係もつながっているからだ。

高林と太一だって、なにかあってしまえば気まずくなるに決まっている。自分と三塚のようにはなってほしくなかった。

(章彦さんが身代わりになってくれるなら、俺は太一には手をださないよ。約束する)

どういうつもりであんなことをいったのだろうか。

あのとき一瞬意味がわからず、章彦は「ほんとか。なら……」と条件を呑むような言葉をとっさに口にした。高林は目を丸くして「え。意味わかってるの?」と問い返してきた。

「俺にご奉仕してくれって意味だよ?」

「奉仕って……おまえのパシリにでもなれっていうのか? 金を都合しろってのは無理だけど、それ以外の肉体労働とか、土日に好きな夕食のメニューにしてやるとかぐらいなら」

「……肉体労働……」

高林は憮然と呟いてから困ったような顔をして、「じゃあ、こういうことは?」と耳打ちしてきた。太一と内緒話をするときのようにからだを寄せてきて、やさしい眼差しを向けてくる。高林のつけているフレグランスなのか、ふわりとした甘い匂《にお》いが鼻をくすぐった。なぜか頬が熱くなるのを感じながら耳打ちされた言葉を聞いて、章彦は目を丸くした。

「——って……」

一瞬固まってしまい、声もないままに高林を睨みつける。言葉の代わりにまず先に手がでた。高林は危険を察知したらしく、ひょいとからだを後ろにずらした。

「爛《ただ》れたことというな。耳が腐るだろっ」

「いや、『ご奉仕します』っていったら、そのくらい考えるでしょう。想像力がないひとだな」

「弟の友達に、そんな変な想像を働かせてたまるか」

「ま、たしかにね」

高林はあっさりと認めると、部屋を出ていこうとした。

「じゃ、交渉決裂ということで。俺は太一にご奉仕してもらえるように頑張る」

「ま、待て……高林くん」

呼び止めてしまったものの、続けられる言葉がない。高林は部屋のドアに手をかけながらにやりと笑う。

「爛れたこと、してくれるの？」

「ふざけるなっ」

章彦が叫ぶと、高林は「残念」と笑いながら部屋を出ていった。ドアが閉まった途端に、単におもしろがられてからかわれただけだと気づいて脱力したのはいうまでもない。

腹立たしく思いながらも、章彦はこの一週間ばかり高林が提示した「交換条件」が頭から離れない。身代わりって——また俺に鳥肌たてさせるつもりか？

想像するだけでぞわっくるものがあったが、実際にはもう肌が粟《あわ》立つことはなくて、胸の底にもやもやとしたものがたまっていくだけだった。このあいだから、高林と太一が並んでいるところを見ているときにもじわじわと増えてくる、正体不明の重たいもの。ずっしりと胃がもたれるように痛い。

高林は話しやすい相手だし、章彦は口で罵るほど嫌ってはいない。ゲイだとしても、それは個人の嗜好《しこう》だから気にしていないし、彼が太一とくっつくのは困るけれども、ふざけてばかりいないで相応しい相手を見つけてつきあえばいいのに——と思う。

どちらにしろ、彼が両親の了解をとって、住むところを決めて出ていけばもう関係なくなるけれども……。

「久遠さん、宅配便届いてましたよ」

昼休みが終わってデスクに戻ったところで、隣の席の菊池から声をかけられる。中身は新しいデザイン画をもとにつくりなおしたサンプルだった。羊はマントの丈を直して微調整したもの、オオカミのヌイグルミは顔のデザインから変えたものだ。

「ああ、このほうが二枚目に見えるかな」

オオカミに二枚目もなにもないものだが、前回のただの丸い犬よりは、キャラクター性が出ている。にっと気障に薄く笑っているような口許が特徴だ。

菊池が席を立って、どれどれと覗き込んできた。

「そうですね。格好いいです。この口許のライン、微妙ですね。もうちょっと口角が上がってたら、怖く見えます。獲物狙ってるみたいに」

「だよな」

オオカミのヌイグルミをじっと見つめているうちに、またもや高林のことを思い出した。修正されてきた羊のサンプルの上に、「ガオー」と食いつかせてみる。自分でやっていて、頭が痛くなった。


「久遠さん。ちょっとお話があるんですけど、ごはん一緒に行きませんか？」

就業時間の終わり近くになって、菊池に声をかけられた。一年後輩の菊池は、職場の女性のなかで一番仲がいい。席が隣ということもあって、サンプルを直さなければならなくて複雑な縫製になるときは、彼女が章彦の分を手伝ってくれたりするからだ。仕事が遅くなった帰り道、なんとなく一緒に食べることはあっても、こうして「話があるから」とあらたまって誘われるのは初めてだった。

「いいよ。今日？　ちょっと遅くなるけど」

「ええ。ご迷惑でなかったら」

意識したことはないが、菊池は女性としても結構かわいい。先輩のいうことは素直にきくし、見た目も派手さこそはないものの、良家のお嬢さん風ファッションに身をつつんでいて好感がもてる。自分を「ヌイグルミ王子」と呼んで笑うところはマイナス点だが、なによりも話しやすいところに親しみがある。

――それにしても……あらたまってなんだろう？

女性から声をかけられると、それまでの経緯でなにも浮かれるようなことは待ってないとわかっていても、「ひょっとして」と期待してしまう。べつにその女性に前々から思いを募らせていたわけでもなく、脊髄《せきずい》反射のようなものだ。

思えば、ここ最近、彼女もご無沙汰《ぶさた》だ。おまけに高林が家にきてからというもの、太一となにかあるのではないかと疑いだしてから、調子を狂わされっぱなしだが、ここらへんで正常な感覚を取り戻せという神様のご配慮かもしれない。同じ職場の女性はなにかと面倒だけれども、人となりはわかっているし、案外いいかもしれない。

――と、後輩の女性から食事に誘われただけで、ありとあらゆる可能性を考えながら、章彦は妙に昂ぶった気持ちでその日の仕事を終えた。

男同士なら居酒屋でかまわないのだが、女性を連れていくとなるとそうもいかない。章彦は駅近くのダイニングバーに菊池を連れて行った。

地下にある店で、洒落《しゃれ》た内装と落ち着いたムードで女性に好かれそうな店だ。まず最初にふたりだけで話すときはここと決めている。つまりは女性を連れてくるときにしか使わない店だ。男連中と一緒にきて店を気に入られてしまうと、後日、女性とふたりでいるときにかちあう危険性があるから、そこらへんは厳密に分けている。

店にくるのは一年ぶりぐらいだった。要するにこの先、進展があるかもしれないという女性と一年知り合わなかったということだ。店のドアをくぐるときに、「潰れてないでよかった」と安堵したほどだった。

「素敵なお店ですね」

テーブルに着くなり、菊池は店内を見回して微笑んだ。

よし、つかみはＯＫ――と心のなかで拳《こぶし》を握ったのも束の間、菊池が口にした言葉に一気に突き落とされた。

「山中さんとよくこられたりするんですか？　仲いいですよね」

山中――第一企画開発室のクマ男。つきあいやすくていい男だが、いまこの場で耳にしたい名前ではなかった。男女がふたりきりで食事にきて、少しでも相手に気があるのなら、なるべく他の異性の話題はださないようにするだろう。

これはひょっとして山中が目当てか……とすぐに察しがついたので、章彦はすばやく頭を切り換えた。こういう期待は熱しやすい分、冷めるのも早い。

「そうだね。あいつとは忙しくても、時間つくって飲みにいくからな。もうちょっと大声でしゃべってもかまわないような、ざわざわした居酒屋が多いけど」

「わあ、楽しそう」

「互いに愚痴大会。あいつはカラッとしてて気持ちいいからさ、愚痴いっても、湿っぽくならなくてすむから、俺は好き」

なるべく好印象になるように友人の株を上げてやる。

「そうなんですよね。ほんとに気持ちのいい方で……わたし、この前の報告会でちょっと準備が悪くてミスして、田中さんとかにきつく叱責《しっせき》されてしまったんですけど……終わったあと、山中さんが『気にするな気にするな』って声をかけてくれて」

知らないところで点数稼いでるな、と感心する。もっとも山中にはそんな意識はまったくないことも知っていた。計算のない男だからこそ味方をしてやろうという気にもなるのだが。

クマみたいだけど気持ちのいい友人と、かわいらしい後輩が並んでいる図を想像するのは悪くなかった。

「……話があるって、山中のこと、知りたかった？　情報収集？」

「情報収集ってわけじゃ……でも久遠さんなら、よく知ってるかと思って」

菊池は恥ずかしそうにうつむいた。どうしてあいつにだけ春がくるんだ、馬鹿野郎——と心のなかで罵りながら微笑む。

「いいね。うらやましいな、あいつ」

「久遠さんは彼女いないんですか？」

「最近いないね」

「モテそうなのに……久遠さんのこと、いいっていってる女の子いますよ」

「中身が駄目なんじゃないかな。すぐ振られるし」

「そんなことないですよ。わたしにとってはいい先輩だし。格好いいです」

菊池、なんてやさしい後輩なんだ、それでもきみは俺じゃなくて山中のほうに興味があるんだよな——と複雑な気持ちになりながらも、章彦は目を細める。

「……今度、山中と一緒に飲みにいくことがあったら、菊池も誘ってあげるよ」

「え。いいんですか。うれしい」

「いいよ、いいよ。あいつ彼女いないもん。菊池が自分のこと気にしてるって知ったら、舞い上がっちゃうよ」

「……いわないでください。駄目ですよ、まだ」

「わかってる」

話が一段落したのを見計らったように、ウェイターがテーブルに近づいてきた。「お待たせしました」と注文したワインを開ける。

ふっと目線を上げた瞬間、そのウェイターの顔を確認して仰天した。すっと背が高く、顔立ちがいやに綺麗に整った男前――。

「高林くん？」

高林は「しっ」というように唇に指をあててみせた。

「――バイト中なんです」

わずかに唇に笑みを浮かべたものの、別人のようにすまして見えた。いつも長めの髪はラフなままにしてあるが、今夜はしっかりとセットしてあった。顔の輪郭があらわになることで、よけいにその端整さが引き立ってノーブルな雰囲気さえ漂っている。

菊池が高林と章彦の顔を見比べる。

「お知り合いなんですか？」

「あ……弟の友達なんだ。いま、うちに一緒に暮らしてて……」

「居候なんです」

高林はにっこりと菊池に笑いかける。菊池はびっくりしたように瞬きをくりかえした。

「かわいい方ですね、章彦さん」

女性には興味がないだろうに、なんでそんなに菊池に愛想よく笑いかけるのか。不愉快なものを感じて、章彦はやや仏頂面になりながらも「そうだろう」と応える。

「…………」

バイト中とはいえ、いつもなら含み笑いを見せてからかってきそうなものなのに、高林はいやにそっけないことに「あれ？」と拍子抜けする。

菊池には笑いかけても章彦に対しては硬い表情を見せるだけでそれ以上なにもいわなかった。私語を慎んでいるというよりも、なにかが気に食わなくて、わざとクールな態度をとっているようにしか見えなかった。なんだ、あいつ——感じの悪い。

高林が立ち去ったあと、菊池はほうっと感心したようにためつきをついた。

「格好いい男の子ですねえ。最近の若い子ってスタイルいい。弟さんも、あんな感じですか？　大学生ですよね」

「あれよりも格好いいよ」

思わずいってからしまったと口をつぐむ。菊池はくすくすと笑いだした。

「噂通りなんですね。——ブラコンって」

「きみまで知ってるの？」

「悪い意味じゃないですよ。八つも年下の弟さんなんでしょう？　久遠さんが高校生のときから兄弟ふたりきりだって……入社のときの歓迎会で、『弟の高校受験があるから、今年はそのことが心配です』って中学生の子持ちみたいなことといってたって」

たしかにそのとおりだった。太一と同い年のお子さんをもってる上司と、受験関係の情報交換をしてて仲良くなったこともある。「ヌイグルミ王子」と同じくらいふれられたくない過去だった。章彦が「かんべんしてくれ」とうつむくと、菊池はなおも楽しそうに笑う。少し逆襲してやりたくなった。

「菊池さん、きみ、さっきぼーっとしてたけど、ほんとは高林くんみたいなのが好みなの？」

「いやだ。そうじゃないですよ。格好いい子だなとは思うけど……でも、好みか好みじゃないかはべつにして、あんな格好いい男の子にもし好きだっていわれても、まずは本気かどうかを疑っちゃいますよね」

「まあ、たしかに」

やつの言動はいつも冗談か本気なのかわからないと思いながら章彦は頷いた。

「久遠さんもちょっとそんなとこありますよ。こうやって同じ職場だと、わたしは久遠さんがお茶目なところもあるってわかるけど、ぱっと見にはすましして見えるから。話しかけづらいんじゃないかな」

お茶目、という評価は男としてどうなんだろう。

「そうなのかな。そう見えるのか」

「ほら、ヌイグルミ王子だから」

章彦はうんざりして「その呼び方は禁止」とぼやく。

その後、高林は何度かテーブルに料理や飲み物を運んできたものの、よけいな口をきくことはなかった。章彦も妙な態度が気になったが、バイト中でわきまえているだけかもしれないと思ったので、声はかけなかった。

菊池と他愛もないことをしゃべりながら飲んで食事をするのは楽しかったが、時折給仕しにくる高林のことが気になって、上の空になってしまった。いつもくだらないことをいって笑っているのに、いつになくやつが硬い表情をしているから。

髪をなでつけた格好で、クールな顔つきなまま静かに給仕している姿を見ていると、家にいるときとは別人のようだった。Tシャツにスウェット姿でもそれなりに様になる男だが、ウェイター姿とはいえきちんとした格好をしていると、さらに男前度が増すように見えた。

客観的に見て、たしかにいい男なんだな、と感心する。太一のほうがかわいらしさがあって、俺は好きだけど。でも……。

高林のことが気になって、その動きを目で追っているうちに、店内にいるウェイターのなかにもうひとり高林と同じように目を引く男がいるのに気づいた。すらりとしているけれども、どちらかというと中性的な雰囲気を漂わせている綺麗な男。この店は顔でフロアの従業員を選んでいるのか。

なぜ目についたかというと、その男は高林がフロアに出ているとき、その動きをじっと監視しているように見えたからだった。高林がパントリーに入ろうとすると、手招きして呼び寄せて何事か話しかける。ずいぶんと親しげな様子だった。あんな美形を前にしたら、男を恋愛対象にしたやつなら落ち着かないのではないか。やつの男の好みが、キレイめなのか男臭いのか、マッチョなのかデブ専なのか知らないが。

応える高林はどんな表情をしているのだろう……。

「久遠さん？」

菊池に声をかけられて、章彦はあわてて姿勢を正した。食事をしている相手のことを失念してしまっていた。

「ごめん。……ちょっと疲れたかな」

ごまかすように笑いながら、章彦はなにをぼんやりしてるんだと自らを叱咤《しった》した。

その夜、家に帰り着いたのは章彦のほうが先だった。太一が「おかえり」と出迎えてくれる。

太一は居間のソファに座ってコーヒーを飲みながらテレビのニュースを見ていた。のんびりとした空気にほっと息をつく。高林が家にくるまではいつもこんな雰囲気だったなと思いながら、二階に上がる前にいったんソファの隣に腰を下ろす。

「お兄ちゃんもコーヒー飲む？」

「いや……いい」

こつん、と自分よりも大きくなった弟の肩にもたれかかるようにして頭をつける。太一はなにもいわずに寄りかかられるままになっている。ぐいっと全体重をかけると、「重いよ」と笑うものの、からだをずらそうとはしない。

「早く着替えてくれば？　遅くなると億劫《おっくう》になるから、このままお風呂行ってもいいし」

「うん……」

弟にもたれかかってぼんやりとするのはなかなか居心地がよくて動きたくなかった。

平和だ。……最近、いろいろゴタゴタしていて、こんな感覚を忘れていた。居候がひとりいるだけで、なぜこんなに振り回されているのか。しかし、それは無理もない。なにせ相手はゲイで、弟の想い人かもしれなくて、そして自分にわけのわからないもやもやを覚えさせている。弟との関係が気に食わないからか、三塚との一件を思い出させるからか、それとも……。

「高林くん、ダイニングバーでバイトしてるんだな。今日、会社帰りに後輩と一緒に入った店で偶然会った」

何気なく話題にだすと、太一のからだがさっと緊張で硬くなるのがわかった。

「お兄ちゃん、あそこ行ったんだ……」

「知ってるのか？」

「──俺も実はたまにシフト入れてもらってる。週二回ぐらいでもOKだから」

章彦は「え」と太一の肩から額を離して睨みつける。

「……おまえ、最近夜いないことが多いと思ったら……バイトしてたのか？」

「高林に紹介してもらったんだ。お兄ちゃんはファミレス以外のお酒だすような飲食店はバイトしちゃ駄目だっていっただろ？　だからいいにくくて。……でも、あそこはいい雰囲気の店だから」

なんだ、やけに夜いないと思ったら、バイトしていたのか。嘘をつかれていたと知って、ショックだったものの、夜に出かけていた理由がわかってすっきりした。

「頭ごなしに反対したりしないから……ほんとのことをちゃんといってくれよ。心配するじゃないか」

「──ごめん」

「お兄ちゃん、そんなに理解がないように見えるのか？　ああいう店なら、なにもいわないよ。ただ絡むような酔っぱらいがいるとこは心配だから」

「お兄ちゃんに理解がないとは思ってないけど」

太一は困ったように笑う。その笑顔はわずかに苦いものを含んでいた。

「でも、俺はお兄ちゃんの前でいい顔をするくせがついてるからな。なかなか難しい」

太一がこんなことをいうとは思わなかった。やっぱり血がつながっていないから、自分に遠慮しているのだろうか。章彦はいつになく動揺する。

「いい顔なんてしなくてもいいよ」

「うん……でも」

こちらはなにも気にしていないというのに、太一はいいにくそうな顔で考え込んだあと、黙り込んでしまう。

周囲の親戚に太一と暮らしていることを「血がつながっていないんだから」と何度も考えなおすようにいわれたことがあったが、章彦は気にしたことがなかった。血のつながりよりも、一緒に暮らしている人間が家族だ。ずっとそう思ってきたのに……。

「つれないこといわないで、なんでも話してくれたほうが、お兄ちゃんとしてはうれしい」

「――でも俺はお兄ちゃんに嫌われたくないから」

太一は大人びた表情で自嘲《じちょう》するように呟く。

兄弟のあいだに妙な溝を感じる。いままでこんなふうに感じることはなかったのに。それとも見て見ぬふりをしていただけだろうか。

真夜中過ぎに玄関のドアが開く音を聞いて、章彦は自室を出て階段を下りる。バイトから帰宅した高林が洗面所で手と顔を洗ったあと、疲れきった顔つきで出てきた。

「おかえり」

居間の入口で待ち構えていると、ぎょっとした顔をする。

「ただいま」

本気なのか冗談なのか、その本心が正確に摑《つか》めたことはないが、その夜珍しく高林は疲労しきっていた。いつも章彦の顔を見れば、つまらないことをいってからかってくるのに、今夜はそういった言葉が口からでてこない。

高林はキッチンに向かうと、冷蔵庫のボトルをとりだして水を飲んでから「ふーっ」と息を吐く。しばらくしてから、「まだいたのか」というように戸口の章彦を振り返った。

「なんですか？　また話があるんですか？」

だるそうに目をしばたたかせる様子から、高林が不機嫌なのが伝わってきた。そういう態度をあからさまにとらない男なので驚いた。やはり今夜は少し様子がおかしい。

「……高林くん、いつからあそこでバイトしてるんだ？」

「半年ぐらい前からかな。……なんでです？」

「太一もバイトしてるんだって？　――ほかにも、仲のいい友達がいるのか」

とっさにどうしてこんな問いが口からでたのか。章彦の脳裏には、高林と親しそうにしていた綺麗な若い男の姿が甦っていた。親しげな雰囲気が目に焼きついて離れない。太一だけではない。ああいう男も、高林にとってはきっと恋愛対象なのだ。

「まあ、半年もいれば、それなりに」

高林は質問の意図を読みとれないようだった。それはそうだろう。章彦ですら、なぜこんなことを気にしているのかわからない。太一の様子がおかしいことを高林に聞くつもりだったのに、わざわざ帰ってくる音を聞きつけ一階に下りてきて、いったいなにをたずねている？　高林の交友関係よりも、太一のことを……。

高林はセットした名残《なごり》のある髪を大きくかきあげながらうつむいた。

「――今夜、俺がいて、ムード壊しちゃいました？　彼女を口説くところだった？　運が悪かったですね」

「え。いや。あれは会社の後輩の子だから」

「またまた。章彦さんはやっぱり女を好きになる人種なんだなって思い知りましたよ」

「そりゃ当然だろ」

「そうなんですよね。……章彦さん、女性の前だと、けっこうカッコつけてて様になってるんだな、って感心した」

高林は苦い顔つきで笑うと、もう一杯ボトルから水をそそぎ、一気に飲み干して、そのままキッチンから出ていこうとする。章彦の顔をはっきりと見ようともしない。不自然にピンと張りつめた空気が流れる。いつもなら軽口のひとつやふたついいそうなのに、この異様な静けさはなんなのか。

俺が女性と食事してたから？　まさか——。

黙ってテレビを見ていられないのと同じように違和感に耐えられなくて、章彦は「高林くん」と呼び止める。

「なんですか？」

「このあいだの——」

考えるひまもないまま、勝手に言葉が口から飛びだした。

「このあいだの交換条件だけど……あれ、呑んでもいい。だから、太一とはいい友達のままでいてやってくれ。変に口説いたりしないで」

「——は？」

高林は疲れも吹っ飛んだ様子で目を瞠る。

「本気？」

「本気だ。太一は……きみのことは大切なんだろうけど、まだ好きだっていう自覚はないように思える。さっきもいわれたんだ。『お兄ちゃんの前じゃいい顔をするくせがついてる』

って……あいつもいろいろ考えてる最中だと思うんだ」

どうしてこんなことをいってるんだ？　と、内心わけがわからなくなってるのに、言葉が止まらない。

「……太一をそんなにゲイにしたくないんだ？」

「え、いや――」

高林はしらけたような視線を向けてきて、深く息をついた。

「章彦さん、俺のいったこと、ほんとに理解してるの？　俺はあんたに太一の身代わりになれっていったんだけど。太一を口説くなっていうなら、あんたを代わりに口説いて、好きにしますよ、って意味だよ」

「お、おう……」

いますぐにも否定したいのに、勢いで返事をしてしまい引くに引けない。

「おう、って――あんたね……」

高林は目を丸くして、まじまじと章彦を見つめたあと、とうとうこらえきれないように噴きだした。唇がいつもと同じ揶揄するような笑いに彩られるのを見て、章彦はようやく胸をなでおろす。そうだ、彼の態度が普段と違うから焦っていたのだと悟る。なぜやつが笑うのを見てほっとするのか――わからなかったけれども。

高林が笑いを消して、章彦に近づいてきた。「え」と身構えるよりも早くに背をかがめら

れて、吐息が迫ってくる。

それはほんの一瞬の接触——唇が、唇をついばむように吸った。

硬直してしまって、唇を離されたあとも、すぐには反応できなかった。一拍遅れて唇をごしごし手で拭《ぬぐ》うと、高林は「傷つくなあ」と苦笑した。

「……お、おまえ、早……」

「だって好きにしていいんでしょ？　遠慮しないよ」

「だからって——」

なんでこんなことになったのか。太一が高林にたらし込まれるのがいやだと思ったから？　高校の同級生の三塚にキスされて、男同士の関係にトラウマがあったから？　弟が友人に恋するところなんて見たくなくて——そもそも、三塚とのキスシーンを見られたことが太一に影響してるんじゃないかと心配だった。だから高林にストップをかけたくて……。

それだけじゃない。今夜はなぜか高林が笑いもせずに不機嫌そうな顔をしていたから。ダイニングバーで高林と親しそうにしている綺麗な男が気になったから。だから……なぜだ？　なんでこうなる必要性がある？

「章彦さん」

高林は章彦の耳もとをそっとなでる。章彦は頭を混乱させたまま、ごくりと息を呑んだ。

「好きにしていいなら、俺のことをいつも見て、俺のことを考えてくれる？　——」

5

目が覚めたら昨夜の悪夢が消えるかと思ったが、しっかりと現実だったらしく、唇には男にキスされた生々しい感触が残っていた。

朝からうんざりとしながら章彦《あきひこ》は歯を普段よりも念入りに磨き、「平常心だ」といいきかせながら朝食の用意にとりかかった。いつもどおりの時間になると、太一《たいち》の部屋に起こしにいく。

「太一、ほら、起きろ」

太一は眠そうな顔をしながらも「おはよう、お兄ちゃん」といってすぐに起き上がる。章彦にせかされて、太一は部屋からあくびをしながら出ていったが、床に敷かれた布団の上に横たわっている男はぴくともしなかった。起こさずにそうっと部屋を出ていこうとしたとき、まるでその動きを読んだように布団から高林がばっと起き上がる。

「ひどいな。俺は起こしていってくれないんだ？」

「……起こしたほうがよかったのか？」

「つれないな」

おそらく最初から起きていたのだろう。高林はいやにすばやく起き上がると、真正面から章彦を見つめる。

「おはよう？」

笑う口許《くちもと》を見つめているうちに、章彦の顔がげっそりとしていく。この唇が——俺の唇に……。

吐き気でも込み上げてくるのではないかと思ったが、不思議と鳥肌すらたつことはなく、胸がもやもやするだけだった。これはいったいなんなのだろう。

部屋を出ていこうとすると、いきなり「待って」と腕をつかまれた。「え」と振り向きざまに顔が近づけられる。

チュッと唇を吸われて、全身が凍りついた。

「——朝から……ひかえてくれないか」

「いや？　キス嫌い？」

「……いや、好き嫌いの問題じゃなくて」

「俺は好き。キスするの」

高林は章彦を抱き寄せて、再びくちづける。今度は比較的深くキスされて、顔面蒼白《そうはく》になった。からだが硬くなったのに気づいたのか、すぐに唇を離して笑いを見せる。

「——なんて顔してるの」

至近距離から向けられる甘い眼差《まなざ》し。高林は駄目押しのようにもう一度唇を合わせながら、章彦の腕をとり、ワイシャツの袖《そで》をめくりあげてそっとなでた。

「でも、もう鳥肌はたってないね。上出来上出来」

いったいなにがどうしてこうなったのか。自分が「条件を呑《の》む」といったからにほかならないとわかっていても、章彦の頭は混乱したままだった。

仕事の最中はいったん問題を棚上げして考えないようにしたものの、高林《たかばやし》にキスされたときの感触とやつの甘い眼差しは頭のなかに貼《は》り付いていてなかなか消えなかった。

どうしてからだを張ってキスまでしたのか。いくら太一のためとはいえ、そこまでする必要があったのか。しかし、もういったんキスされてしまったからには、いまさら条件を撤回してもキスされ損のような気がする。それも腹が立つ。

高林は思ったとおりに手が早い。あの調子でさらりとキスして、太一があっというまにたぶらかされてしまってもなんの不思議もない。……っていうか、なんであいつはあんなにあっさりと俺にキスするんだ？　なんの葛藤《かっとう》も苦悩もなく。『アウト』だっていったくせに、結局男ならなんでもいいのか？　若いから飢えてるのか？

「おい、久遠《くおん》ー。おっ、なんなの、怖い顔」

廊下で山中《やまなか》とすれ違った際、驚いた顔をされた。それはそうだろう。男とのキスを朝から延々と頭のなかでリピート再生していれば、表情も荒《すさ》む。

「さっき菊池《きくち》さんと会ったらさ、おまえの話されたんだけど。今度三人で飲みにいこうって話なんて出てたの？」

「あ……まあ、な」

いくらなんでも今日ばかりは同僚の恋路の手伝いをする気にはならず、言葉少なになった。

山中は「ふうん」と鼻を鳴らしたあと、章彦の腕をぐいっとつかんで囁《ささや》く。

「俺、ダシにされたのかな？　あの子、おまえのこと好きなんじゃねえの。いいなあ、かわいい子じゃん。目キラキラしてたぞ」

「…………」

章彦がなにもいえないでいると、山中は笑いながら「よっ、憎いね、さすがヌイグルミ王子っ」と肩を叩《たた》いて去っていった。

いや、菊池の目当てはおまえなんだがな——さらりとそういってやるつもりだったのに、いまはそれを告げるのがなにやら屈辱的に思えて、章彦はひとり唇を嚙《か》んだ。

なんで同僚は後輩のいい子に好かれてるのに、俺は弟の友人の男と朝からチュッチュッしなきゃならないんだ？　なにかが間違ってる。

しかし、自分が「条件」を呑んで、高林とすでにキスをしてしまった事実は変わらない。とにかくこれからどうするかを考えなければならない。

昨夜と今朝はキスだけですんだが、それだけで終わると思えない。若いんだし、男同士で行き着くところまでやるだろう。いくら太一のためとはいえ、そんな未知の領域に足を踏み入れる覚悟が俺にあるのか……。想像するだけで頭の回路がショートしそうだった。

それにしても三塚《みつづか》との一件で男とキスするなんてとんでもないと思っていたのに——取り乱してはいたものの、それほど深刻に嫌悪感を抱いていないことに一番驚いていた。あくまでも高林が軽いノリだからか。それに毒されている。

だから、もしかしたらうまくいくのではないかと考えてしまう。相手は八つも年下の若い男だ。自分のペースでことを運べるのではないか。高林が家にいるあいだ、太一との防波堤になれればいいだけだし……。

デスクに戻って、机の上に置いてあるオオカミと羊兄弟のヌイグルミのサンプルを手にとってみる。三体を並べて、弟の羊を庇《かば》うように兄の羊をオオカミの前にだして配置した。

ふむ、とヌイグルミを眺めながら章彦は真剣に対策を考え込んだ。

その夜、思ったよりも仕事が早く片付いて家に帰り着くと、高林と太一は居間のテレビでシューティングゲームに興じていた。ふたりでゲームをしているところはまだまだ子どもといった雰囲気で、章彦はその様子を見て少しばかり和んだ。

「おかえり、お兄ちゃん」

高林とキスしたせいで、太一と顔を合わせるのがうしろめたい。爽《さわ》やかな笑顔が眩《まぶ》しすぎて目がつぶれそうだった。逃げるようにキッチンに入ると、高林の声が追いかけてきた。

「あ、章彦さん。夕飯食べてないなら、今日ピカタ焼きつくってあるから。あたためて」

「おう……サンキュ」

空腹だったのでありがたく冷蔵庫をのぞいて皿を取りだす。すると、高林がゲームを中断してキッチンにやってきて、「ミネストローネもあるから」と鍋を火にかけてくれた。

「いいよ。教えてくれれば自分でやるから。ゲームやってんだろ?」

「――ん」

高林はスープ皿を取りだしながら、つと章彦を振り返って顔を近づけてくる。チュッと唇を吸われたあとに、「え」と章彦は反応して口を押さえる。

――また、やられた。

「きみな……いくらなんでもちょっと」

「やっとキスできた。今日は一日が長かった」

は？　と首をかしげる章彦の耳もとに、高林は甘く低い声で囁く。

「今夜、章彦さんの部屋にいってもいい？　太一に手をだされたくないんだよね？」

これじゃ脅しじゃねえか、と怒鳴りたいのをこらえながら、章彦は「いいよ」と応える。

「太一にバレるなよ」

「了解」

高林がキッチンを出ていくのを見送って、章彦はふーっと額《ひたい》の汗をぬぐった。まったく油断も隙《すき》もない。いくらなんでもキスしすぎじゃないのか、あいつ。恋人同士でもあるまいし。

そしてその夜の〇時過ぎ、高林は章彦の部屋をノックしてきた。風呂に入ってきたあとらしく、髪がまだ濡《ぬ》れたままだった。

「太一は？」

「……ゆっくり風呂入ってくるっていってきたから。それに、俺が部屋出てくるとき、あいつもうベッドに横になってたし」

太一は寝付きがいい。とはいえ、もし高林と部屋でごそごそやっているのを気づかれたら……。章彦は心がずきずきと痛むのを感じながら、高林にベッドに座るように促した。

またされるんじゃないかと思ったら案の定、高林は隣り合って腰を下ろすなり、章彦の肩を抱いてチュッとキスをしてきた。流れるような動きにはまったく無駄がない。

いったん唇を離して、至近距離から見つめたあと、また深く唇を吸ってくる。キスは抵抗するまいと事前の作戦で決めていたものの、執拗《しつよう》に吸われたせいで呼吸が乱れ、思わず胸を押しのけてしまった。

「……きみ、慣れてるのか」

「そうかな。普通だと思うけど」

男とのキスなんて色気もなにもないと思っていたのに、からだをやさしくさすられながら唇を吸われていると、ふわふわした気分になってくる。女性相手に能動的になるときは次の一手を考えているものだが、受け身になるとこれほど頭がぼんやりするものなのか。

そのまま押し倒されるのかと思いきや、高林はからだを離すと、章彦の顔を覗《のぞ》き込む。瞳を合わせて、手を握りしめられた。

手をつないでベッドに座る格好になり、章彦は「あれ？」と拍子抜けする。章彦の反応を見越したように、高林はうっすらと笑った。

「章彦さん、今度一緒に飲みに行こうか。それか、どこか出かけようよ」

「え？　出かける？　どこに」

「一緒に外に出たことないでしょ？　お出かけしたいな。遊びにいこ？　映画とか好き？」

「そ、そうだな……」

肩をふれあわせて手をつないでいることが落ち着かなくて、会話に集中できなかった。なんだってこの体勢になっていまさら「お出かけ」の話をしなければならないのか。しかも、この気恥ずかしい気分はいったいなに？

さっきの勢いで強引にコトを進められたほうが、章彦にとってはまだ理解可能だった。無理やり押し倒されたときのシミュレーションは完璧にしてきたのに。

「——章彦さん、平気？」

「えっ、な、なにが？」

「もう鳥肌はたってないみたいだけど。俺とキスするの」

「なにをいまさら……」

さんざんチュッチュッしておいて、なぜこのときになってその台詞《せりふ》をいう？

「まあ、それもそうか。でも、まだからだをさわられるのは怖いみたいだよね。抱きしめると、棒みたいになってる」

「あ、あたりまえだろ。俺は男となんて経験……」

「そうだよな。俺は章彦さんの『初めての男』になるんだよね」

「——」

いままで高林の軽妙な調子にごまかされて、焦点がぼやけて見えにくくなっていたものの、章彦はそのときになってようやく初めて事の重大さを実感した。自分のペースにうまくのせるつもりでいたが、万が一のせられなかったら？　初めての男——そんなものを体験しなくてはならないのか？

背すじがぶるっと震える。

「怖い？　なるべく乱暴にはしないように気をつけるけど……章彦さんかわいいから、俺も興奮しすぎたらごめん。若いから、けっこう溜《た》まってるし」

「い……いや、高林くん、その……」

「なに？　章彦さんのほうが年齢的な経験値は高いから、俺が暴走しても許してくれる？」

「……っていうより、今日はその——初めてだし。ちゃんと段階を踏んでほしいっていうか」

「うん、それ大事だよね。だから今度、一緒に遊びにいこ？　でも、今日はとりあえず先に——」

再び肩を抱かれて、ぐいっと引っぱられるかたちでベッドに倒れされた。すかさず馬乗りになられて、押さえ込まれる。

「わっ……！　こら、俺は初めてだって……てめえっ……いきなりっ」

「しーっ、太一に聞こえる」

手で口を押さえられて、ふがふがともがく。

「困ったな。暴れられたら、俺はよけいに興奮するよ？」

恐ろしいことを間近で囁かれ、さすがに抵抗する力が抜けた。高林はにっと笑ったまま、「騒がないで」となだめるようにいいながら口を押さえていた手を外す。

わめいてやろうと思ったが、男に馬乗りになられている無様な姿を太一に見られるくらいなら死んだほうがマシだったので声はださなかった。無言のまま睨《にら》みつける章彦を見て、高林はゆっくりと身をかがめてくる。

唇に軽くふれるだけのキス。

次になにをされるのかと身構えていたら、高林はなにもせずに起き上がって章彦の上から退《ど》いた。あっけにとられている章彦を見て、ぷっと噴きだすと楽しそうに笑いだす。章彦はしかめっ面《つら》になりながらようやくからだを起こした。

「な……なんだよ」

「――いや、章彦さんはひどいなと思って。仲のいい友達のお兄さんに、俺が無理やりなんかするわけないだろ？　しかも、同じ屋根の下に太一がいるっていうのに。俺ってあんたのなかでどんな鬼畜キャラなの」

「い……いや、でも条件だから」

「ふうん？」

高林はしばらく章彦の表情を観察するように眺めていた。

「どうやってやりすごすつもりだったの」

「え？」

「俺と寝る気なんてないんだろ？　あんた。なのになんで部屋にくるの許したわけ」

「……初めてだから、今日は――そこまでいかなくてもすむかな、とは思ったけど……きみは話のわからないやつじゃないだろ？」

高林はくっくっと失礼な笑い声をたてた。

「なに、それ。章彦さんが『初めてだから、今日はやめて。いや――』って怯《おび》えてくれたりするわけ？　残念、その姿が見たかった。ちょっと引くのが早かったな」

「ふざけるなよ、調子にのるな」

「俺って信用されてるんだね。『初めてだ、怖い』って訴えれば、無理やりはしないと思った？　そんな紳士だと思われてるんだ？」

「――――」

信用、していたことになるのだろうか。手は早いと思ったけれども、こちらが訴えれば話を聞かない男ではないと思ったことはたしかだ。

だが、さんざんからかわれておどかされた手前、「信用している」と答えることには抵抗があった。そんな逡巡《しゅんじゅん》を読みとったように高林は笑う。

「いいよ。その信用には応えましょう」

「……しなくてもいいのか？」

「いきなり身代わりでやらせろなんていわないよ。あんた昼メロの見過ぎ。さっきもいったけど、太一の身代わりなんだから大事にしますよ」

本気で高林とどうにかなる覚悟があるかといわれたらまったくなかったので、救われた気分だった。そもそもなんであのとき「条件を呑む」といってしまったのか。我ながら心の動きが不可解でならない。

「じゃあ……条件は……」

「俺がそういう意味で太一に興味を抱かなければいいだけの話なんでしょ？　章彦さんの目的はそれ。俺は——代わりに章彦さんを口説かせてくれるなら、それでいい」

「口説かせるだけ、でいいのか？」

「いいよ。キスするのは好きだからさせてもらうけど。それ以上はその気になったときで」

なんだ、こんなに簡単に……労せずに自分の思ったとおりになったことに気が抜ける。

キスはすでにさんざんされてしまっているので、いまさら減るものでもない。太一の貞操を守れるのなら安いものだった。章彦としては、高林が出ていくまでのあいだ、なんとか自分に関心を向けてもらって太一に手をださないでいてくれればそれでいいのだ。

「ほっとした？　——でも、俺は自信があるから」

息をついたのも束《つか》の間《ま》、不遜《ふそん》な笑いを見せられて章彦は「え」と動きを止める。

高林は唇の端にやんわりとした笑みを浮かべた。黒々とした瞳には悪戯《いたずら》っぽいのに、ほんのりと惑わされそうな色香が漂う。

「口説かせてくれるなら、いずれ落とす自信がある」

「…………」

こんなふうな澄んだ色っぽい眼差しをして真正面から見つめられると、心穏やかではなくなるのは事実だった。なんだかんだいいながら、最初のプロレスごっこのときから、章彦は高林のペースにのせられてわけがわからなくなるときがある。

「きみ、俺は『アウト』っていったんじゃなかったか？」

「でも、顔とカラダは好みだから。そっちだけの意味なら、いただいておこうかな、と」

やっぱり鬼畜じゃねえか——と章彦は心のなかで突っ込む。とはいえ、高林の様子を見ている限り、そんなことを口にしても本気とも冗談ともつかなくて、首をひねってしまうのが正直なところだった。

「章彦さんも俺のことは決して生理的に駄目なわけじゃないよね。鳥肌たたないし」

「いや、それは……」

慣れただけだ、といいかえそうとして、ふいにまた顔を近づけられる。「あ」という前に唇を奪われた。

「——する前に、ことわれよ」

「そんなムードのない」

懲りない笑顔を見せる高林を前にして、章彦はキスされた唇をぬぐう。

落とされない自信はあったが、とにかくこいつには早く家を出ていってもらうに限る。

6

思いがけない訪問客がやってきたのは土曜日のことだった。

その日は太一と高林は遊びに出かけていて、章彦は家でひとり惰眠をむさぼっていた。映画を観るから一緒に行こうよ、と声をかけられたものの眠気のほうが勝った。

ふたりが出かけた十一時過ぎ、しつこく鳴らされるインターホンを無視していたら、いったんは鳴りやんだものの、数分してまた同じように鳴らされた。よっぽど用のある人間らしい。

章彦はやれやれとベッドから起きだして、窓の外をなにげなく眺めた。門扉のところに立っているのは、宅配便の兄ちゃんでも訪問販売のセールスマンでもなかった。

まだ小学生とおぼしき子どもがふたり、手を伸ばして交互にインターホンを鳴らしている。一回ずつ交代だと決めているのか、リズミカルに飛び跳ねるように腕を伸ばすさまは、まるでダンスでもしているようだった。

なんだ、あいつら？　悪戯か？

章彦は自社で不要になったサンプルの玩具をお子さんのいるうちに配ったりするので、近所では「玩具《おもちゃ》のお兄ちゃん」として評判がいい。ピンポンダッシュの悪戯をされる覚えはなかった。しかもあいつら、逃げる気配もないし。

章彦はあわてて階下に下り、玄関のドアを開けて外に出る。「きみたち？」と問いかけながら門を開けると、「あ、やっと出てきた」とハモりながらこちらを見上げたのは、まったく同じ造りの顔をもつ男の子ふたりだった。年の頃は七歳前後。髪型から服装までおそろいで、並んでいる様子はまさに完全なシンメトリー。

DNAの驚異を目の辺《ま》りにして、章彦はしばし言葉を失う。

「まだパジャマ着てる……」

ひとりが驚いたようにそういうと、もうひとりが章彦に不思議そうに問う。

「休みの日だからって寝坊しちゃ駄目だって、亮《りょう》ちゃんにいわれなかった？」

亮ちゃん？　誰？

唖然《あぜん》としている章彦をよそに、双子たちは顔を見合わせる。

「亮ちゃん、このうちではきっとそんなうるさいこといわないんだよ」

「そうなのかなあ」

「そうだよ。よそのうちの子にはいわないっていったもん。うちの子だから厳しくするんだって。アイジョーの表現だって」

「亮ちゃん、ぼくたちのこと好きだからね」

どこからか湧《わ》いてでた双子たちが「うんうん」と頷《うなず》きあうのを見ながら、章彦は茫然《ぼうぜん》とした。真っ黒な艶《つや》のある髪、子どもながらに綺麗《きれい》に整った目鼻立ちは、誰かの面影を思い起こさせる。

「えーと……きみたちはどこの子かな？」

すると、双子はいきなり姿勢を正す。

「秀巳《ひでみ》です」

「和巳《かずみ》です」

交互に挨拶《あいさつ》をしてから、綺麗にハモる。

「小学一年生です。お兄ちゃんの高林亮介《りょうすけ》を迎えにきました」

——やっぱり……。

「高林くんの弟か」

双子は「はいっ」と元気よく返事をする。

「亮ちゃんがお世話になってます。いつまでもご迷惑をかけるわけにはいかないので、今日は連れて帰ります」

おそらくこの文句は見知らぬ家を訪ねるために事前に練習してきたのだろう。双子たちの頬《ほお》は緊張で紅潮し、目はきらきらと強い決意に満ちていた。

それはなんて好都合、いますぐにでもノシをつけて返してやりたいところが、あいにく高林は留守だった。

「そうか、いい子たちだな。とにかくうちに入りなさい」

「はいっ。お邪魔しまーす」

双子は玄関で礼儀正しく脱いだ靴をそろえてから、居間に入ってくる。高林の姿を探しているのか、きょろきょろと辺りを見回していた。

「なにか飲むか？　あったかいココアがいいか、それとも冷たいジュースがいい？」

「ココアっ」

即座に声を合わせて返してきた。そして、同じくふたりそろって章彦にたずねる。

「手を洗いたいんですけど、洗面所をお借りしてもいいですか」

「いいよ。こっち」

「はい」

双子は打ち合わせをしているわけでもないのに、いちいちハモって、同じ動きをする。

最初は面食らっていた章彦だったが、秀巳と和巳がふたりそろってトコトコとついてくるのを見ているうちになんだか楽しくなってきた。小さな子どもがうちにいるのは久しぶりだ。それだけで胸がわくわくしてくる。

キッチンに戻ってココアを淹《い》れながら、子どもが喜びそうなお菓子を探したが、あいにくなにもなかった。

甘いココアを淹れてやると、双子は居間のソファに座りながら大きなマグカップをふたりそろって口に運んだ。

「甘くて美味《おい》しいね」

「美味しいね」

感想を述べてから、再度ずずっとマグカップをすするタイミングまで同じ。その様子を見つめていた章彦は、知らず知らずのうちに表情がゆるむのを止められなかった。

ひとりでも頬の筋肉がゆるむのに充分なのに、それが二乗になったらたまらない。この子たちくらいのときは、太一も「お兄ちゃんお兄ちゃん」ってうるさいくらいだったっけ……。

「あのう」

ふたりに上目遣いに見上げられて、章彦ははっと我に返る。

「なんだい？」

「亮ちゃんはどこですか？」

「高林くんはいま、留守なんだ。ちょっと待ってくれ。俺の弟と出かけてるから、連絡とってみるからね」

双子はぱあっと表情を明るくした。

「やっと亮ちゃんに会えるね」

「亮ちゃん、うちに全然帰ってこないもんね」

——高林、なんてひどいやつ。

こんなに小さな弟たちに慕われてるのに帰ってやらないなんて、同じお兄ちゃんとして、俺は許さないぞ。

章彦はあわてて携帯で太一に電話をかけたが、留守電になっていた。おかしいな、と思いながらもう一度かけ直す。早く出ろ、出ろ、いまうちに、かわいい生き物がふたりして待ってるぞ。

しかし、やはり留守電になってしまう。そういえば映画を観てくるといっていたっけ。映画館に入っているあいだは電話は通じないか。

「ごめんな。映画館入っちゃったみたいだから、いまはすぐに電話が通じないな」

「え——」

双子は明らかに落胆してしょんぼりとした。無理もない。双子たちにしてみれば、うちを訪ねてくればすぐに高林に会えると思っていたのだろう。

「おうち、遠いのか？　どのくらいかかった？　ふたりだけでよくこれたな」

双子たちはすっかり気落ちした様子で口を開く。

「電車をふたつ乗り換えて、三十分ぐらい」

「電車乗るときが大変だったね。どっちの方向にいくのかわからなくて」

「でも、亮ちゃんに会えると思ったから」

「そうだよね」

小学一年にしてみれば、ふたりだけで電車に乗るのは大冒険に違いなかった。しかも、目的地は見ず知らずの家だ。

「駅からうちまでだって大変だったろ？」

「うん。でもね、真紀《まき》ちゃんが住所と地図をプリントアウトしてくれたから」

「あの地図がなかったらこれなかったよね」

「真紀ちゃんて？」

「イトコ」

その真紀という従兄弟《いとこ》がつきそいで付いてきてくれればよかったのに。昨今は物騒だから、小学校低学年の子どもをふたりきりで出かけさせるなんて章彦には考えられなかった。

「……真紀ちゃん、『行けるもんなら行ってみろ』っていうから、僕たち意地になったんだよね」

「ねー、真紀ちゃん、意地悪だ」

ふんふんと頷いて聞いていた章彦だったが、突如、双子が暗い顔つきになって黙り込んだのでぎょっとした。

「おい、どうした？　双子くん」

双子たちはうつむいて顔をゆがめた。

「……だって、亮ちゃんがいないんだもの」

「……ねー……ぼくたち、せっかくきたのに」

みるみるうちに顔がくしゃくしゃになっていく。このままではふたりそろって大声をあげて泣きだしてしまいそうだった。どうしたらいいのか、章彦は焦って頭をフル回転させる。

「おい、双子くん。きみたち、スペシャルパンケーキ全部載せを食べるか？」

パンケーキの一語に反応したらしく、ゆがみかけた顔がぴたりと止まる。

「パンケーキ？」

「全部載せ？」

「クリームとかアイスとかチョコとかイチゴとかプリンとか、全部好きなもの載せてやるぞ。弟によく作ってやったんだ。とっても贅沢《ぜいたく》なパンケーキだ」

「なにそれ、すごいねえ」

「食べたーい」

よし、食いついた、と章彦は心のなかでほっと息をもらす。映画が終わるまで二時間ぐらいはかかるはずだった。それまでこの子どもたちの意識を高林からそらさなくてはならない。

「じゃあ一緒に買い物に行こう。好きなもののトッピングしてやるからな。高林くんたちがまだ帰ってこなくてよかった。あいつらに分けてやるの、もったいないからな。きみたちは幸運だ」

双子たちは「わーい」と立ち上がる。

「お兄ちゃんは章彦っていうんだ。だから、『章ちゃん』って呼んでいいぞ」

「ありがとう……えーと」

「ありがとう、章ちゃん」

――癒される……。

双子たちが声をそろえるのを聞いて、章彦はここ最近得られなかった充足感につつまれた。高林が居候になってからというもの、マイ・オアシスである太一との仲がぎくしゃくしていたせいだ。

思いがけない楽しい休日になった。双子はかわいいし、高林は出ていくかもしれない。まさにいいことずくめだった。

とりあえず太一に高林の弟たちがきていることを知らせるメールを打っておく。やはり電源を切っているのか、メールの返事も返ってはこなかった。

それならそれで、双子たちと仲良く遊ぶまでだ。夜までなんの連絡もなかったら、スペシャルお子様ディナーを作ってやろうと意気込みながら、ふたりを連れて近所のスーパーに出かける。

スーパーの店内に入ると、十一月になって出回りはじめたばかりの苺《いちご》の前で、双子は目を輝かせる。

「ねえねえ、章ちゃん、アイスもイチゴものせてくれるの？」

「いいよ。なんでも好きなものいいなさい」

「ぼく、桃缶も好き」

「よし、じゃあカゴに入れて」

双子たちと店内を歩き回っているうちに近所の主婦に声をかけられた。

「あら、久遠さんのお兄ちゃん、今日はずいぶんかわいいお連れさんだこと」

「いやあ、友達の弟で」

「まあ、そうなの？　なつかしいわね、太一くんともそうやってよく買い物してたわよね」

いまでも買い物が多いときは太一は荷物持ちとしてよくついてきてくれる。幼い太一を連れていたときには、章彦にはいまの双子を眺めるような余裕はなかった。大人たちの思惑のせいで太一と引き離されたりしないようにと、ただ一生懸命になるばかりでひたすら夢中だった。楽しくはあったけれども……。

「双子くん、高林くんが帰ってきて、ゆっくりしていけるようだったら夕飯も食べていったらいい。なにがいいかな。ハンバーグかな？　それともグラタンかな？」

「からあげ食べたいー」

「えー、ぼくはハンバーグがいいよ」

そこで初めて意見が分かれた。そっくりの双子だが、しばらく会話をしているうちに、どうやら先にしゃべるのが兄の秀巳、あとからしゃべるのが弟の和巳らしいとわかった。

そうやって区別して見ていると、だんだん顔つきにも個性があって、見分けがつくようになってくる。

「両方作ってあげるよ。それと、スパゲッティも作ってあげようかな。エビのトマトソースはどうかな。あとカレー味の挽肉のオムレツもつけてあげよう。少しずつワンプレートにもってあげるからね。お子様ランチ用の自動車のお皿がうちにあるんだ。俺のコレクションのひとつで。あれを是非使いたい」

「ほんとに？　章ちゃん、すごーい」

双子たちの素直な賞賛に満ちた目が気持ちいい。凝り性なので、章彦は料理をするにしても凝るときはとことん凝る。

「章ちゃん、お料理上手なんだね。亮ちゃんみたいだ」

「亮ちゃんも上手なんだよね」

高林の名前をだされて、こめかみがピクリとひきつる。

「そう。高林くんも上手だよね。だけど、まだ彼は学生だからね。俺みたいに好きなようにはできないからね。ちょっと差があるかな」

「どんな差？」

「もってる財布の大きさが違う。俺は大きな財布をもってる。だからこうやって好きなものいいなさい、っていえるだろ？　大切なことだよ」

にっこりと笑う章彦に、双子たちは「なるほど」と納得したように大きく頷いた。

「亮ちゃんは好きなものなんて買ってくれないもんね」

「ケチだよね」

「あれも駄目、これも駄目、ってそればっかりだよね」

「亮ちゃん、ほんとはぼくたちのこと嫌いなのかも」

またもや空気が暗い方向に行きそうになって、章彦はあわてる。財力にものをいわせて、双子たちの兄を貶《おとし》めようとするなんて、えらくおとなげないことをしてしまった。

「嫌いなわけないだろ。俺は双子くんたちを甘やかしてもなんの責任もないから好き勝手にできるけど、高林くんはそうじゃないからだろ。お財布の大きさは関係ないよ。最初にきみたちも自分でいってたろ？」

「アイジョーの表現？」

「そうだ、高林くんもきみたちがそうやって受け取ってくれるってわかってるから、厳しくするんだよ。双子くんたちのことを信じてるんだな」

双子たちは「えへへ」と照れくさそうに笑う。

俺は太一を信じているのだろうか、とふと章彦は疑問に思う。太一に厳しくした覚えはない。というのも、太一はとてもいい子で、章彦が怒る必要などまったくなかったからだ。それに、いくらブラコンと嘲笑《ちょうしょう》されるようにかまいすぎの感はあっても、章彦もなんでも買ってやるというような甘やかしかたをしたことはなかった。

物質的なものではなく、もっとささやかなもの——たとえば食事は自分が作ってなるべく同じ時間に食べるようにする。一緒に遊んで楽しい記憶を共有する。そういう意味では、親がいない不自由は感じさせたくない。太一に自分といてよかったと思ってもらえるように努力する。それが章彦の愛情表現のつもりだった。

でも、まだはっきりしないこととはいえ、自分が高林との仲を邪魔することばかり考えるのは——ほんとうに愛情の表現なのか？

秀巳がつんつんと章彦の袖をひっぱる。

「ねえねえ、じゃあ章ちゃんはぼくたちのことがどうでもいいから、好きなもの食べさせてくれるの？」

「違うよ。たまにだから大盤振る舞いなだけ。今日は特別」

「そっかあ、特別かあ」

双子たちはほっとしたように笑う。女の子なら、この年になればもう少し口が達者というかおませさんになるものだが、双子たちはどちらかというとおっとりしている。章彦は微笑《ほほえ》み返しながら、ジーンズのポケットに入れた携帯をさぐった。早く連絡よこせ。でなきゃ俺がこのかわいい生き物たちをさらってしまうぞと思いながら。

スペシャルパンケーキ全部載せを食べてから少しゲームで遊んだあと、双子たちは章彦が手がけたヌイグルミコレクションを見ているうちに、それらに埋もれるようにしてソファで眠ってしまった。

電車に乗って、見知らぬひとの家を訪ねるという一大イベントを終えて疲れきっていたのだろう。すやすやと眠っているふたりにそっと毛布をかけてやる。

さすがに子どもふたりの相手をするのは疲れたが、うんざりした気分にはならなかった。まだ幼い子どもたちが不憫《ふびん》でならない。ここまでやってきた理由が「お兄ちゃんに会いたいから」というのが泣かせるではないか。

最初はこれで高林を厄介払いできると思っていたけれども、そういう理由はべつにして、双子たちのもとに高林を帰してやらなければならないと考えるようになっていた。あいつはわかってないんだ、「お兄ちゃん」と必要とされているあいだが華なんだぞ。己の感傷もあいまって、章彦は妙な使命感に燃えていた。

電源を切ったままでいるのか、太一からの連絡はこない。これは本気でスペシャルお子様ディナーを作ることになりそうだった。いや、こうなったら是が非でも作りたいので、食べてから帰ってもらおう。

下ごしらえをしておくか、と立ち上がりかけたとき、ソファで眠っていた双子のひとりが目を覚ました。

「章ちゃん、どこ行くの？」

「ん？　キッチンに行くだけだよ。スペシャルお子様ディナーの下ごしらえをそろそろはじめないと。秀巳くんはまだ寝てていいよ」

秀巳は驚いたように目を見開いた。

「ぼくがわかるの？」

「そりゃわかるさ。秀巳くんのほうがお兄ちゃんっぽいもの」

「すごい。『双子くん』って呼んでるから、区別つかないのかと思ってた。こんなに短時間に見分けられたの、はじめてだ。親戚のおばさんだって、いまだに間違うのに」

「俺は子どもに関しては、プロだからね。女の子のほうが専門なんだけど」

「すごいやー」

秀巳が起き上がってぱちぱちと手を叩いたので、隣で眠っていた和巳も目を覚まして、「なに……？」と寝ぼけたままつられたように手を叩く。

「ねえ、章ちゃんはいろいろすごいから、亮ちゃんのことも知ってるかな？」

「高林くんのなに？」

「亮ちゃんがセーシュンしたい相手って、誰なんだろう？」

青春したい相手？　なんだ、それは。よくわからないが、なんだかおもしろそうなので追及してみる。

「高林くんがそんなことといってたの？」

「うん。ぼくたちがいると、まともにセーシュンもできないんだって」

「いってたね。いいかげんセーシュンしたいって」

和巳も「うんうん」と頷く。

それはこんな双子に四六時中まとわりつかれていたら、まともな青春はほど遠いだろう。

「……そうか、なるほどね、高林くんがそんなことを」

「章ちゃんかなあ？　お料理上手だし、気が合いそう。ねえ、セーシュンの相手？」

「いや、それは違う」

きっぱりと首を振ったところで、玄関からドアが開く音が聞こえてきた。高林の「ほんとにあいつらの靴がある」と驚いた声が続く。

「――秀巳、和巳？」

やがて居間に現れた高林を見て、双子たちはソファから立ち上がって駆け寄る。

「亮ちゃん！」と二重奏。

「なにしてるんだ、おまえら」

「亮ちゃんに会いにきたんだよっ」

「ひどいよー、全然帰ってきてくれないじゃないか。お母さんとたまには顔見せるって約束したくせに」

双子は高林の腰にがっしりと抱きつく。高林は憮然《ぶぜん》とした表情だった。

「駄目だろ？　勝手にきたら……ふたりだけできたのか？」

「真紀ちゃんに地図もらった！」

「あいつ、よけいなことして――」

高林はふうとためいきをついて、双子たちのからだを引き剝《は》がすと章彦を見た。

「すいません。弟たちが迷惑かけて……すぐに帰しますから」

「いや、俺はべつにいいんだけど――」

スペシャルお子様ディナー作るつもりだし、すぐに帰らなくても……といおうとしたときだった。秀巳が高林の腰に再びしがみつく。和巳もすぐに同調した。

「やだ帰らないもん！」

「ぼくも帰らない！」

「亮ちゃんと一緒にぼくもこのうちで暮らす」

「ぼくも暮らす」

高林はさすがに目を丸くして、「馬鹿っ」と怒鳴る。

「なにふざけたこといってるんだ。……真紀に迎えにきてもらう。責任とらせる」

双子たちは「やだー」と泣きだす。

あとから居間に入ってきた太一が「何事？」ときょとんとしながら章彦のそばに寄ってくる。

「お兄ちゃん、ごめん。映画館入ってて。携帯、切ってたんだ」

「ああ、わかってる」

そうこうしているあいだにも、双子の泣き声は大きくなっている。高林の野郎、俺があれほど泣かさないように苦労したのに、その努力を無にしやがって。

「ちょっと高林くん、双子くんたちはきみに会いたいっていってせっかく訪ねてきたんだぞ。いきなり怒鳴ることはないだろ」

「迷惑かけてすいませんけど、これは家族の問題なんで、章彦さんは口をださないでもらえますか」

「だけど……」

たしかにそれぞれ家の事情があるのだろう。傍《はた》から簡単に口をだせないとはわかっている。それでも「お兄ちゃんに会える」と目を輝かせたときの双子たちの表情、すぐに連絡がつかないと知ったときの意気消沈ぶりを見ているだけに、なにかいわずにはいられなかった。

「とにかくきてしまったものは仕方ないんだから、怒るのはあとにして、双子くんたちの話を聞いてやれよ。どうしてこんなことしたのか」

「わかってますよ。甘えてるだけなんだ。これで怒らなかったら、懲りずにまた訪ねてきます」

高林がいうのももっともだったが、兄恋しさに訪ねてきたのに、怒られてばかりの双子が不憫でしかたなかった。

「……章ちゃん……」

助けを求めるように涙声で呼ばれて、胸が痛くなる。

「なあ、とにかく今日はゆっくりしていったらいい。なんなら一晩泊まってもいいぞ。俺、双子くんたちに夕飯ごちそうしてあげるっていったんだ」

「いえ。ありがたいですけど、いますぐ従兄弟に連絡するんで……このまま帰します」

「きみも帰るのか？」

「いや、従兄弟にきてもらうから」

「待てよ。あれほどきみと会うのを楽しみにしてたのに、このまま帰すっていうのか？　もうちょっと一緒にいたっていいじゃないか。っていうか、きみが送って帰れ」

「俺が一緒に行くと、またこいつらが離れなくてひと悶着《もんちゃく》になるから」

よそ様のおうちの事情に口を挟んではならないと自重していたものの、だんだんムカムカしてきた。

「そんな理由なら、せっかくうちに訪ねてきたお客さんなんだ。双子くんたちは俺ともも友達だし、ゆっくりしていってもらう。秀巳くん、和巳くん、スペシャルお子様ディナー作るからな。しっかり食べていくんだぞ。俺があとで送っていくから——おうちの電話番号、知ってるか？　教えなさい。親御さんに連絡して了承得るから」

「ちょっ……あんた、なにを勝手に」

秀巳と和巳がそろってすらすらと暗唱する番号に、章彦はさっそく電話をかける。「ちょっと」と止めに入ろうとする高林を、太一が脇から押さえつけた。

「なんだよ、太一」

「やめたほうがいいよ。こういうときのお兄ちゃん、怖いから」

電話はすぐに母親が出て、高林がいま一緒に暮らしている友人の兄であること、弟たちが家に訪ねてきていることを知らせると、「すぐに迎えにいかせますから」という返事だった。

「いえ……もしよろしかったら、弟くんたちも久しぶりにお兄さんの高林くんに会えてうれしそうなので、できれば一晩こちらでお預かりしようかなと思ってるんですが……いえいえ、まったく迷惑どころか、にぎやかになって楽しませてもらっています。とってもかわいい双子くんたちですね。……ええ、そうですか。いえいえ、ほんとに。……はい、では明日にはおかえししますので」

息子が友人の家に世話になっていることは知っているらしく、母親はひたすら恐縮している様子だった。

電話を切ると、章彦は双子たちに笑いかける。

「お泊まりの許可がでたぞ」

双子たちは「わーい」と歓声をあげかけたものの、隣に立つ兄の渋い表情を見てはっと黙り込む。

「なんで勝手なことをするんだ。冗談じゃない。こいつらは帰します。ほら、秀巳、和巳もいいな？　いま、真紀に電話するから」

「えー」

「でも章ちゃんが泊まっていいって」

「そんなことというなら、俺はもうおまえらのことは知らない」

双子たちはさーっと青ざめ、高林が携帯電話を取りだしたのを見て、しゅんとうなだれた。

章彦はつかつかと近づいて行って、高林の腕をつかむ。もう我慢も限界だった。

「高林くん、さっき、おうちに連絡して、了承とったの、聞いただろ？」

「そんなのは関係ないです。俺とこいつらの問題なんで」

「――関係なくないだろ！」

章彦が声を荒げると、さすがに高林はびっくりした顔をした。双子たちもはらはらした様子でふたりを見守っている。

お兄ちゃん……と太一があいだに入って諫《いさ》めようとしたが、遅かった。

「家長は、俺だ！　きみだって、いまはうちに一緒に暮らしてるんだから、関係ないとはいわせないぞ。俺と双子くんだって仲良くなったし、もう無関係じゃないんだからな。スペシャルお子様ディナーを食べさせるっていったんだから、邪魔はさせないっ」

「…………」

高林はその勢いに圧倒されるように黙り込んだ。双子たちが泣きそうな顔で章彦に駆け寄ってしがみついてきた。

「……章ちゃあん」

章彦は「よしよし」とその頭をなでる。太一が「あーあ」とためいきをついた。

「お兄ちゃん……亮介だって心配して……うちに迷惑かけたと思ってるから、よけいにきつくいってるんだから」

「わかってる、そんなこと」

自分たちが原因でいいあらそいになっているせいか、双子たちは章彦の腕のなかで再び泣きだした。

「……ごめんなさい……ぼくたちが……」

「ごめんなさい……」

「うん——なあ、双子くんたちは悪いってわかってるんだよな。心配させちゃったのもわかってるんだよな？　お兄ちゃんが怒るのも当然だって思ってるよな？」

双子たちは「うんうん」と頷く。

「危ないんだから、もうふたりだけできちゃ駄目だぞ。どんな事故があるかわからないんだ。今日は泊まっていってもいいけど、特別だから」

「はぁい」

「はぁい……」

素直に姿勢を正して返事をする双子が健気《けなげ》でたまらなくなって、章彦は小さな頭をかきいだいた。

「なあ？　怒られるってわかってたのに、それでも亮ちゃんに会いたいからきちゃったんだもんな？　なのに、いきなり帰れっていわれたら、びっくりするよな。だから『ここに住む』なんていっちゃったんだよな。もうちょっと一緒にいたいだけなのにな……」

双子たちは再びぼろぼろと涙をこぼしながら「うんうん」と何度も頷いた。その様子を見ていた高林はなにかをこらえるような顔をしたあと、そっぽをむいてためいきをついた。


その夜は一階の和室に布団を敷いて、高林と双子たちに一緒に寝てもらった。夕飯のとき

にはスペシャルお子様ディナーで盛り上がったが、双子たちが楽しそうにしているのに比べて、高林は苦虫を嚙み潰《つぶ》したような顔をしているだけだった。

一緒の部屋で眠らせたらまた高林が双子たちを叱るだろうかと心配したが、翌朝になったら雰囲気が一変していた。双子は元気に起きてきて高林にじゃれつき、高林もまんざらでもなさそうな顔をしている。

「うるさいな。おまえら、もうひっつくな。小学校上がったときに、甘えん坊は禁止だっていっただろ？」

「甘えてないよお。遊んでるだけだもん」

「ねえ、遊ぶのは普通だもん」

「……ったく、いいかげん俺を解放してくれ」

「セーシュンしたいから？」

「そうだよ。おまえたちのお守りで、俺の中学高校は青春どころじゃなかったんだからな」

頭をこづかれて、双子たちはうれしそうに笑う。それを見て、高林は「……ったく」といいながらも笑みを見せていた。

兄弟たちの仲はうまくいったらしいが、昨夜から高林は章彦のほうをろくに見ようとしない。さすがに弟たちの前で怒鳴りつけたのはまずかっただろうか。

章彦は双子たちを家に送り届けるつもりだったが、高林は従兄弟の真紀とやらを呼んだらしかった。自分が連れて帰る気はまったくないらしい。

どうしてそれほど家に帰らないでいるのか。あんなにかわいい弟たちがいるのに——と理解に苦しむ。

従兄弟の真紀は昼前に、久遠家に現れた。玄関に現れたその男が、ダイニングバーで見たウェイターだと知る。高林と親しげにしていた綺麗な青年だ。

「ほら、とっとと帰るぞ、ちびども」

見た目に反して、口がえらく悪い。同じバーでアルバイトしているのだから、当然太一のことも知っていた。だが、太一は得意な相手ではないのか、顔を合わせてもそっけなくひややかな反応だった。

「やだよお、真紀ちゃんひどいんだから」

「意地悪なんだよね」

「なにをいう。俺がおばさんと亮介に責められただろ。地図なんか渡すんじゃなかった」

「真紀、とっとと連れて帰ってくれ」

高林に睨まれて、真紀は「はいはい」と肩をすくめる。双子たちは章彦にまとわりついてくる。

「章ちゃん。また遊びにきてもいい？　今度は誰かについてきてもらうから」

「ぼくも遊びにきたい。章ちゃん、おっきなお財布もってるだけあって、頼もしい」

「いいよ。おいで。なんなら俺が迎えにいってあげるからな。また一緒にスペシャルパンケーキ全部載せを食べような」

一晩ですっかり情が移ってしまい、章彦は涙ぐみそうになりながら双子たちを抱きしめる。

違和感のある視線を感じて目線を上げると、真紀がひややかな目をくれていた。

「あなた、太一のお兄さん？」

「そう、だけど？」

「……はあ、なるほど……これは太一が一風変わってるのも頷ける。すごい」

なにをいきなり……と口を開きかけたところ、太一がさっと割って入った。

「お兄ちゃんに失礼なことというなよ。亮介に頼まれてるんだろ。早く双子ちゃんたちを送っていけば」

「おー、怖い怖い。亮介、おまえのせいだぞ。俺に迎えになんてこさせるから」

真紀が亮介の腕にしがみつくのを見て、太一は厳しい顔で舌打ちする。友人に対してもいつもにっこり爽やか系だとばかり思っていたので、その反応は意外だった。

「お兄ちゃん、ごめんね。真紀は口が悪いんだ。気にしなくていいから」

「お、おう……」

それよりなにより、お兄ちゃん、おまえがキツイ言葉を吐いたことにびっくりだよ。章彦は茫然と太一を見つめる。

もしかしたら太一は、高林と親しげにしている真紀が気に食わないのかもしれない。やきもち？　充分ありえる。

「まったくえらい災難」

真紀はぼやいてから、高林の腕をつかんだまま意味ありげな視線を向ける。

「……亮介も居心地良さそうだね、この家。好きそうだもんね」

「いいから早く送って行ってくれって」

「はいはい、わかってますって。あのさ……」

高林にこそこそと耳打ちをする。ちらりと章彦のほうを見たような気がした。気のせいだろうか？

「馬鹿。変なこというな」

「どうだかな？」

ふたりだけで意味のわかるような会話を交わされて、章彦はなぜか胸がチクリとする。ダイニングバーで親しげにしているところを見たときに感じたもやもやとあいまって、ひどく落ち着かなかった。

「さて、と。天使みたいなお兄ちゃんも見れたし、そろそろ帰るか。行くぞ、チビども」

真紀は強引に双子たちの手を引っぱる。

天使みたいなお兄ちゃん？　誰だ？　まさか俺のこと？

「ヌイグルミ王子」と珍妙なキャッチフレーズをつけられたことはあっても、さすがに天使みたいと評されたことはなかった。

章彦のとまどいをよそに、真紀は玄関を出ていこうとする。最後に、双子が名残《なごり》惜しげに高林を振り返った。

「亮ちゃん、ほんとにおうちに帰ってこないの？」

「なんで？　ぼくたちが邪魔だから？　セーシュンできないから？」

双子たちの問いかけに、高林は小さく息をつく。

「邪魔じゃないよ。ただ俺はおまえたちと違って、もう大人だから、自立しなきゃいけないんだ。代わりに、母さんは家にいてくれるようになったし、新しいお父さんだってできただろ？　やさしくて、いいパパじゃないか」

「でも、お母さんは料理下手なんだもん」

「ねえ、亮ちゃんのほうがずっと美味しいもん」

高林は「俺は家政婦じゃないぞ」と笑いをこぼしながら、双子たちの額をつついた。

「嘘つけよ。母さんが家にいるようになって、おまえらうれしいはずだろ？　新しいパパだって気に入ってたじゃないか。いままで母さんが恋人連れてきたときには見向きもしなかったくせに、パパならいいっていったじゃないか。なんの不満があるんだ？」

「だって、亮ちゃんがいないよっ」

双子たちはそろって叫ぶ。ふいをつかれたように高林は黙り込んだ。

「亮ちゃんがいなくなるなんて思わなかったもん。だから、お母さんが家にいるようになって喜んだんだし、パパならいいっていったんだもん」

「亮ちゃんがいなくなるなら、全部元に戻したっていいよ。お母さんが仕事でいなくても、パパができなくても、我慢するよっ」

そばで聞いているだけで、章彦はたまらなくなった。太一が勘付いたのか、「お兄ちゃん」と腕を支えるようにさすってくれる。

高林は力の抜けきった顔になって、やんわりとした笑みを浮かべながら、双子たちの頭をゆっくりとなでた。

「——ごめんな。わかってくれよ。俺はもう大人だけど、おまえたちにはまだ母さんとパパが必要なんだから」

双子たちが帰ったあと、高林は太一の部屋に閉じこもってしまい、章彦も脱力状態でソファにぐったりとなっていた。

かわいいのはいいけど、別れはつらい。自分でさえこうなのだから、高林はどんな気分なのだろう。あんなに弟たちに好かれているのに帰らないなんて……あいつの神経はおかしい。でも、別れるときの表情を見れば平気そうでもなかったから、なにか事情が……。

「お兄ちゃん、今日は俺が食事作るから、ゆっくりしてていいよ。子どもの相手してて、さすがに疲れたろ」

「疲れてはないけど……」

太一にやさしい言葉をかけられると、ふと涙腺がゆるんでしまいそうになる。目の奥がつうんと痛くなった。

「いや……双子くんたちといたら、おまえの小さい頃とか思い出してな」

「お兄ちゃん、子ども好きだから、昔は俺をかわいがってくれたもんね」

「馬鹿。いまだってかわいいよ」

「わかってるけど」

久しぶりに太一とのあいだに、お花畑のようなムードが漂っていることに気づく。高林の居候を認めてから、態度が軟化していたものの、どこか不自然な感じは否めなかったのだ。

待ち望んでいたマイ・オアシスの復活——双子たちに感謝しなければならなかった。

「だけど、さっきはびっくりしたよ。太一は、あの真紀くんとやらと仲が悪いのか？」

「悪いってほどじゃないけど……」

太一はうんざりした顔になる。

「いちいちひねくれたことばっかりいうんだ。真紀って、ちょっとお兄ちゃんに顔が似てるかなって思って、最初は仲良くしてたんだけど……」

「似てるかな？　あの子、美形くんだろ」

「お兄ちゃんのほうが美形だけどね」

太一はいつもの調子でさらりといなして、しかめっ面になる。

「中身は全然似てないよ。いくら綺麗な顔してても、あれじゃあ……」

やっぱり太一は面食い、と章彦はこっそりと心のメモをとる。そりゃ人間、綺麗な顔をしてるほうがいいかもしれないが、それだけではないことも教えてやらなければならない。

「あのな、太一……」

いいかけた言葉を遮るように、太一は真正面から章彦を見据えた。

「お兄ちゃんみたいに顔も綺麗で、心も綺麗なひとって、なかなかいないよ。泣いてる子どもをほっとけなくて、いつまでたっても純粋で……少年みたいで」

太一が章彦に向かって寒くなるほどの賛辞をいってくれるのはいつものことだが、このときばかりは引っかからずにはいられなかった。

いままで駄目兄貴だとわかっていても、「しようがないな」と身内の愛情で目をくもらせて見てくれているのかと思っていたが、本気で「顔も心も綺麗」と美化してとらえられているんだろうか。いくらなんでもそれは偏りすぎで危なすぎる。

「そ、そうか？　お兄ちゃん、けっこう中身は馬鹿っぽいって女の子にいわれたことあるけどな。イメージダウンだって」

「その子は見る目がないんだよ。かわいそうに」

太一はばっさりと切り捨てる。

何度もいわれている台詞だったが、今日はやはり引っかかる。真紀のいっていた「天使みたいなお兄ちゃん」という形容があらためて気になった。

どうして初対面の真紀があんなことをいうのか。誰かがいっていたのを聞いたからだろう。それは誰だ？　高林のわけがない。やつは口が腐っても、俺のことを「天使だ」なんていいやしないだろう。だとしたら……。

章彦は顔をひきつらせながら笑ってみせる。

「太一は少し俺のことをかいかぶりすぎだ。俺はそんなに心が綺麗じゃないぞ。人並みにずるいし、意地悪だ。高林くんのことも、よけいなことをいって怒鳴ってしまったし」

太一は「ううん」と首を振った。

「お兄ちゃんは天使みたいなひとだよ。俺にはちゃんとわかってる」

真夜中近くなって、部屋のドアがノックされた。

「はい」と返事をすると、高林がドアを開けて中に入ってくる。ベッドに寝転がっていた章彦はさっと起き上がって、戦闘体勢に切り替えた。弟たちのことでよけいなことをしてくれたと文句をいいにきたと思ったからだ。

「ちょっといいですか？」

「な……なんだ？」

よその家の事情に首を突っ込んで悪かったかもしれないが、謝らないぞ、と章彦は決めていた。だいたいうちに居候しているくせに「関係ない」といいきった高林が悪いのだ。

「すいませんでした、ご迷惑かけて。弟たちの相手をしてくれて、ありがとう。あいつら、ほんとに喜んでた。一緒に買い物にいって、パンケーキ作ってもらったってうれしそうで。夕飯もごちそう作ってもらって」

あっさりと頭を下げられて、章彦は唖然とする。

「い……いや、俺も無神経だったかもしれない。ごめんな、デリケートな家族間の問題に立ち入って」

「いいんですよ。だいたい、俺は章彦さんになにもいえない。こうやって居候させてもらってるんだから」

「……だからって、それを盾にしたいわけじゃなくてだな。偉そうにいいたいわけじゃなくて」

「うん。わかってますよ。でも、たしかに関係なくはないから。一緒に弟たちのこと考えてもらって、うれしかった」

高林はいやに素直に認める。なにか裏があるんじゃないかとかんぐりたくなるほどだった。太一といい、高林といい、今日は変じゃないか？

居心地の悪さに首をかしげていると、高林は目を細めて章彦を見つめてくる。まるで双子たちに向けるような、ちょっと意地悪で、だけどそれだけじゃないようなやさしい目線。

「──あんた、ほんとに子どもが好きなんだね」

「あたりまえだろ。でなきゃ、玩具《がんぐ》メーカーに入るもんか。子ども嫌いじゃ仕事にならないだろ」

「いや、それはてっきり精神年齢が近いのかとばかり……」

からかうような言葉を聞いて、どこかでほっとする自分がいる。ほめられたり、礼をいわれてばかりでは調子が狂う。

「ずいぶんなこというな。そりゃ、俺が玩具好きだっていうのもあるけど、それだけじゃないよ。自分の作ったもので子どもが遊んでくれたら単純にうれしいから……」

「太一にあとでこっそりいわれたよ。お兄ちゃんは子どもが絡むと怖いんだって。逆らっちゃ駄目だってさ」

「そんなつもりはないけど」

「太一が子どもの頃も、すごかったって。自分を守るためになんでもしてくれたって」

「そんな立派なもんじゃない。俺は子どもの頃、父親とふたりきりで淋しい思いをしたから……だから、ほかの子どもが泣いてるのを見るのがいやなだけなんだ」

高林は「なるほど」と呟《つぶや》いてから、うっすらと笑う。

「とにかく弟たちのことでは感謝してるから。礼をいいたかっただけ。それじゃ」

踵《きびす》を返す高林を思わず呼び止める。

「おい……待てよ。きみ、ほんとに帰らないつもりなのか？　あんなに弟たちに好かれてるのに。そりゃセーシュンはしにくいかもしれないけど」

高林は足を止めて驚いた顔で振り返ったあと、笑いだす。

「たしかにあいつらがいると、セーシュンできないけど……だから、家を出るっていってるわけじゃないよ」

「じゃあ、なんでだ？　新しいお父さんはいいひとなんだろう？」

「いいひとだけど……俺が家にいると、弟たちは俺ばっかりにまとわりついて、義父になつかないし、どこか空気がぎこちなくなるんだ。だから俺がいないほうが、うまくいくんだよ。こんな大きなコブツキなんて、男親にしてみればかわいいもんじゃないし。少し距離をおいたほうがいいんだ。自立できる息子のほうが頼もしいだろ？」

「そんな……きみが遠慮することないだろ？　きみも交えて、新しいお父さんと仲良くやればいいじゃないか」

高林は少し考え込んだあと、まっすぐに章彦を見つめる。

「もう失敗はしたくないんだ。うちの母はいままで働き通しでさんざん苦労してきた。男運もあまり良くなかったけど、今度の義父は珍しくまともなひとなんだよ。だからうまくいってほしい。俺はもうひとりでどうにでもできるから。……弟たちは、俺がいうのもなんだけど、なかなかかわいいだろ？　あいつらがうまく義父になついてくれれば、絵のように幸せな家庭になるはずなんだよ」

「――――」

章彦は「そんな……」とベッドから立ち上がり、高林の腕をつかんで揺さぶる。

「駄目じゃないか。きみだって、その絵のように幸せな家庭のなかに入らなきゃ」

高林はとまどったように目を瞠《みは》る。

「いや、俺はもう大きいしさ、自由が欲しいってのもあるし……」

「すまなかった」

「え？」

「俺は事情も知らずに勝手なことを……きみがどんなにつらい思いで双子くんたちを突き放しているのかも知らないで。そうだよな、あんなかわいい子たちとほんとは離れたくないもんな」

「いや、兄離れしてほしいって思ってるのも、本音だけど。あいつらのためにも」

「でも、つらいだろう？　元気だせよ」

ぎゅっと力づけるように腕を握ると、高林はいささか困った顔つきになった。

「……充分、元気だけどね。ここに居候させてもらってるおかげで。章彦さんがいるから、俺は毎日が楽しいよ」

「そうか？　ならよかった」

ほっとして頷く章彦を前にして、高林は小さく息を吐いてから宙を仰ぐ。

「なんか……俺、ちょっと自信がなくなってきた。こんなつもりじゃなかったんだけどな」

「ん？　なにが？」

「いや——章彦さんが……」

どこか照れくさそうに笑いながら視線を落とす。

「あんた、ほんとにかわいいひとだね。ちょっと変だけど。俺は太一の気持ちなんか、一生理解できないと思ってたんだけどな」

「——え？」

息を呑んだのは、高林がふっと笑いを消して、身をかがめてきたからだった。またキスされるのだろうか、と目をつむる。

しかし、高林はふれてこなかった。至近距離で章彦の顔を見つめたまま、なにやら悩ましげに眉《まゆ》を寄せている。

章彦が「高林くん？」と問いかけると、高林ははっとしたように頭を振って口許を手で押さえた。

「困ったな。いましたら、すごくエッチな気持ちになりそうだから、やめとく」

7

展示会もすんで、仕事にいったん区切りがついた。章彦の担当した羊とオオカミのヌイグルミはなかなか好評価で、クリスマス商戦に備えることになった。

帰り際、携帯にメールが入っていることに気づいて、章彦は「ん?」と首をひねる。高林から「今夜、飲みにいきませんか」という誘いだった。

なんであいつと飲みにいかなきゃいけないんだと思いつつも、仕事も大きな山場を超えたところなのでことわる理由もなかった。

実は先週末も、高林と映画に行った。その前は買い物につきあったあと、ついでだからといって水族館にも行った。少し遠出して、今度はサファリパークに行こうという計画も浮上している。これではまるでデートだ。以前、「お出かけしよう」といっていたから、その一環で口説いているつもりなのだろうか。章彦としては太一に危害が及ばないように、自分に注意を向けておかなければならないのだから、誘われればつきあってやるしかなかった。

頻繁にデートして外に一緒に出るようになった代わりに、高林は家のなかで章彦にキスしてくることがなくなった。「交換条件」の話をだしてきたときは、ヒマさえあればチュッチュッしてきたのに。

遅まきながら章彦が欲望の対象にならないと気づいて、つまらない遊びをするつもりがなくなったのか。いまはきわどい言葉でからかってくることはあっても、からだには極力ふれてこないようにしているようだった。

高林は章彦の顔をじっと見つめては、物憂げにためいきをついたりもする。まさかなんでキスしてこなくなったのかとたずねるわけにもいかずに、章彦はひとりで悶々とするしかなかった。だいたいいままでのほうが異常だったのだから、深く考えることもないのだが。

高林が性的に好きになる相手というのは、たぶん従兄弟の真紀のようなタイプなんじゃないかと推測する。耳打ちするときの真紀の親しげな表情を思い出す。自然によりそって、腕にしがみついていたさまも。

二度会っただけなのに、章彦のなかでは真紀の印象がやけに強烈だった。どうしてこんなに覚えているのだろうかと不思議に思うほど――。

「章彦さん」

待ち合わせの場所に行くと、高林は先にきて待っていた。いつもと違って、妙にあらたまった顔をしている。服装も普段よりも大人っぽかった。

「いままでのお礼に今夜は俺がおごりますから」

「なんだよ、お礼って」

「いや、いろいろと。弟たちも迷惑かけたし」

高林はそういってバイトしている例のダイニングバーに章彦を連れて行った。ここはこれから先、進展する可能性のある女性としか行かないと決めていたのだが、相手が「おごる」と誘ってくれているのにまさか店の選択にケチをつけるわけにもいかない。

真紀がいるのではないかと気がかりだったが、幸いなことに今夜はシフトに入っていないらしい。

席につきながら、「あれ？」と首をかしげる。なんで真紀がいないことにほっとしているのだろう。ちょっと口が悪い男だとは思ったが、嫌いになるほどその人となりを知っているわけでもないのに？

ただなんとなく高林と真紀が親しげにしているのを見るのが苦手なのだと章彦は判断する。ゲイだといっても、高林はいつも軽妙なノリだから——いくらキスされても迫られても、実際のところそのセクシャルな部分を本気で意識したことはない。だけど、真紀が高林に耳打ちするさまにはドキリとするから……。

「ここに一緒にきてた女性と、その後うまくいった？」

高林はさぐるように章彦を見る。

「あれは後輩だっていっただろ？　俺の同僚が目当てなんだから」

「ほんとに？」

「嘘ついてどうする」

「じゃあ、いまいいなと思ってる女性っていないんだ？　章彦さんて完全にフリー？」

「そうだよ」

菊池と店にきた夜、高林が珍しく不機嫌だったことを思い出した。あのときも疑問に思ったが、どうしてこんなことをしつこく確認するのだろう。ふっと浮かんだ考えを、章彦は「まさか」と打ち消す。

高林もそのときのことを思い出しているのか、唇に苦々しいものをにじませる。

「俺、あのときびっくりした。おかしいですよね。章彦さんが女性を連れてるのを見て——自分でもよくわからなかったけど」

「なんだよ。俺が女の子に縁ないって思ってた？　馬鹿にされたもんだな」

「そんなことないけど。外見だけなら、章彦さんスマートだからモテそうだし。……そう、だからなんなんだろうね。びっくりすることなんてないのに」

服装が大人っぽくて、髪も少し整えているせいか、こうしてムードのある店内の照明のなかであらためて高林と向き合うと、章彦は変に緊張した。

おごってくれるなら、にぎやかな居酒屋のほうがよかった。そうすれば、普段の調子でぽんぽん楽しくしゃべれたのに。

高林もいつもより口数が少なかった。だからといって不機嫌なわけでもない。まるで彼まで自分と同じように緊張しているふうに見えてきてしまう。

「――章彦さんて、なんであんなにブラコンなの？　ちょっと珍しいよね。太一とは血がつながってないっていうのに」

「血はつながってなくても……俺達はもう両親がいないから。それに、俺にとって太一は宝物なんだ」

また馬鹿にされるんだろうな、と思いつつも章彦は正直に答える。

「宝物？」

「前にもちょっと話したかもしれないけど、父が再婚するまで、俺は家のなかでいつもひとりだったんだ。父は忙しいし、俺のことをかまってくれる時間なんてないし。ひとりでごはんを食べながら、『お母さんがいたらいいのに、兄弟がいたら淋《さび》しくないのにな』っていつも空想してた。義母と太一がやってきて、俺の夢は叶《かな》ったんだ。空想してたものが現実になった。義母と新しくできた弟の太一と暮らした日々は、俺にとっては宝物で……」

いくら『ブラコン』といわれても、こんな話はひとにしたことがなかった。思い出してしんみりとするより、馬鹿兄貴だと笑われたほうが自分も周囲も楽しいからだ。

でも、高林にはなぜだか話してもいいような気がした。

「俺は……夢が叶ったからいいんだ。両親が事故にあったのは高校生になってからだから。でも、太一はまだ九歳だった。両親が必要な年頃だったし、大人に守られなきゃいけないだろ？」

太一は当初、義母の親戚筋に預けられる予定だった。両親がいなくなってしまえば、連れ子同士なのだから縁はないと周囲は考えたのだ。

高校生の章彦が保護者代わりになるのも無謀な話だった。だが、両親がこの家と充分な蓄えを残してくれたことと、近所に住んでいる叔母が成人するまでの後見人をかってでてくれたおかげで可能になったのだ。

「太一には——親戚のうちに行って、ちゃんと血のつながってるひとたちのなかで暮らす選択肢もあったんだ。でも、俺を選んでくれた。ほんとは不安だったろうに、『お兄ちゃんと一緒にいる』っていってくれたんだ。だから、太一が俺と一緒にいてよかった、って思ってほしくて……」

なにもかも過剰になってしまうのは、もしかしたら太一を信じていないせいかもしれなかった。普通にしていて、太一に「お兄ちゃんと一緒にいてよかった」といってもらえる自信がない——。

つまらなくて湿っぽい話なのに、高林は茶々を入れることもなく静かに聞いていた。なんだか照れくさくなって、章彦は取り繕うように笑う。

「きみがいうとおりに、少しやりすぎだっていうのもわかってる。傍から見たらおかしいんだろうなって」

「――いや、おもしろいからいいけど」

いつものとおりに飄々《ひょうひょう》と返されて、章彦は「そうか」と笑みをこぼす。高林がふいに笑いを消して、いたわるような眼差しを向けてきた。

「……でも、もう弟離れしてもいいんじゃない？」

同じように双子たちの兄である高林の口からいわれると、なかなかこたえる台詞だった。章彦のなかでも絶えずその問いかけはあったから。

「義理とはいえ、それだけ絆《きずな》がある兄弟なんだから。章彦さんを選んだ時点で、太一の気持ちは決まってると思うけど」

「そうかな」

「章彦さんて、いつも太一のことばっかりで、ほかに気が回らないでしょ？　彼女とかいないのも、そのせいじゃないの？　どうせ『弟くんのほうが大事なの？』って、女の子のご機嫌損ねて振られてるんだろ？」

「なんでわかる？」

「――わかるよ、普段のあんたを見てれば」

高林はおかしそうにいってから、声のトーンを落とす。

「それじゃ、いつも自分は二番手なのかなって、そばにいる人間は不安になるよ。章彦さんがいくら弟想いなのはわかっててても。人間って我儘《わがまま》だからね。好きなら……やっぱり一番に考えてほしいし」

「きみでもそうなのか？」

「なんだよ？　俺でもって」

「いや……きみはモテそうだし、手も早そうだし、ひとに束縛されるの嫌いそうだろ？」

「そんなことないよ。なんたって、まだセーシュンしたい年頃ですから。恋愛には夢を抱いてますよ。俺だけを見てほしいし、俺のことだけ考えてほしい」

そういえば、「交換条件」のときにも同じようなことをいっていたっけ、と思い出す。

「俺にもそういってたな。最初に……」

キスしたとき、といいそうになって、あわてて口をつぐむ。

いくらなんでも外で話題にしたいことではなかった。しかし、高林がもはや『口説いて落とす』といっていたことも冗談としか思えないので、キスされていたこともいまになってみればいったいなんのおふざけだったんだろう、としか思えない。

「あれは——もうやめますよ」

高林は硬い声を押しだした。思わぬことをいわれて、「え」と章彦は目線を上げる。

「あの条件だと、章彦さんは俺にキスされても、『太一のために』ってこらえるでしょ。そんなの面白くもなんともない。太一にも手はださないから安心してくれていいよ」

それはよかったと、ほっとすればいいだけなのに、心のどこかに大きな穴があいたみたいに感じるのはなぜだろう。

なにも失ってない。なのに、どうして……。

「そ、そうか。やっぱり太一とは友達だもんな。ありがたいよ。きみがそう考えてくれて」

「ええ」

高林の返答がそっけなさすぎるので、どういう心境の変化なのだと問いただせなかった。

手をださないのはありがたい。だけど、もし、太一が本気で高林のことを好きだったら？

俺は弟を失恋させてしまった？

いや、それだけで胸がもやもやするのではなくて――この喪失感はなんなんだ？

「なんだ、『いずれ口説き落とす』なんていってたから、楽しみにしてたのに」

もやもやを打ち消すためにあえて茶化していってみると、高林は神妙な顔を見せた。

「……いいんですか？　口説いても？」

驚いてしまって声がでない。まさかそんな返しをされるとは思ってなかったからだ。

章彦がなにかいう前に、高林は笑った。

「嘘ですよ。冗談」

その言葉に気まずさを救われたのも束の間、次の言葉を聞いて再び愕然《がくぜん》とすることになる。

高林はあらたまった顔つきになって切りだした。

「実は……両親がひとり暮らしを認めてくれて、保証人になってくれることになったんです」

双子たちの騒動のあと、高林は定期的に家に帰って、家族たちと過ごしていた。こうやって顔を見せてくれるなら、と親御さんたちも納得したのだろう。もちろん双子も大喜びに違いない。

「そうか、よかったな」

「ええ――」

つまりは近いうちに高林は居候していた我が家を出ていくということだった。最初はあれほど早く出ていけと思っていたはずなのに、いざそれが決定的になるとなんだか気が抜けてしまう。

一緒の家で暮らすうちに、やはりそれなりに情が移っていたのか。双子たちが一晩泊まっただけでも、別れるときは淋しかったのだから、同じ理屈だろう。なんだかんだいって二ヵ月も一つ屋根の下で生活をともにしたのだから。そうに決まってる。

高林はいつになく穏やかな表情を見せた。

「俺は弟離れするつもりだから、章彦さんも太一のこと少し信用して、あんまり頑張らなくてもいいと思うよ。頑張らなくても、太一は章彦さんのことをきっと好きだから」

「……そう、だな」

なににショックを受けているのかわからなかった。

双子たちの泣き顔が脳裏に甦《よみがえ》る。自分もまだ誰に対しても、「一緒にいてくれ」と泣きわめく子どもみたいなところがあるのかもしれない。

「うん……そうだよな。そうするよ」

頷きながら、胸がなぜか痛くてどうしようもなかった。

高校のときの同級生の三塚から『会って話がしたい』というメールがきた。

伊藤《いとう》に「アドレス教える」と連絡をもらってから、一ヵ月近くたっている。もうなにもいってこないだろうと意識の片隅から消えかけていたときに連絡を受けて、面倒くさいというのが正直なところだった。

だが、高林が家を出ていくという話を聞いて以来、胸の底でわけがわからないままにもやもやしているものの正体が、三塚に会ったらわかるかもしれないという期待があった。

俺はなんであのキスのことを覚えているんだろう。単純にいやな目に遭った思い出というよりは、傷ついた記憶として心に残しているのだろう。

三塚に「わけがわからなくなった」と謝られて、「顔も見たくない」とあれほど激しく怒ったのはなんでだ？

「――久遠」

会社近くの待ち合わせ場所に現れた三塚は、やはり昔どおりの落ち着いた風情だった。先日、伊藤たちと一緒にいたときと同じように気まずさを感じているふうなど微塵《みじん》もない。

突然の再会のときは動揺してしまったが、今日は考える時間があったのでそっちがそのつもりならこっちも――と、章彦も気負わずに言葉を返す。

「もう連絡してこないかと思ったよ。伊藤からおまえがアドレス知りたがってるっていわれて、いまかいまかと待ってたのに」

「そうなのか。じゃあ、悪いことしたな」

悪びれずに応えてから、三塚はふと視線を落とした。

「ほんというとさ、なかなか覚悟ができなくて……久遠は俺の顔なんて見たくないだろうと思ったし」

「え――」

居酒屋で再会したときは、三塚が何事もなかったようにすました顔をしているから気に食わなかったが、やはりほんとうは過去のことを気にしていたのだ。

「覚悟ってなんの覚悟だよ。もうあれから何年たってると思ってるんだ。俺はそんなに執念深くないぞ」

「ほんとに？　一生呪《のろ》われるかと思ったよ」

「ばーか。おまえなんて呪うほどの価値もない」

「いってくれるな」

三塚が迷っていたことを明らかにしてくれたおかげで、自然に笑いあうことができた。彼の顔を見てこんな気持ちになることはもう二度とないと思っていたのに。

三塚の行きつけだという居酒屋に場所を変えてからは、普通に旧友として話が弾んだ。高校の頃に感じたように、三塚は一緒にいて落ち着くし、話していて気持ちのいい相手だった。なにもかもがなつかしくて、心地よく酔う。

飲んでいるうちに、三塚が近く結婚を予定している彼女がいるということも自然に話題にのぼった。章彦は不思議なほど驚きも動揺もしなかった。

「久遠は彼女いるのか?」

「いや……いまは、ひとりかな」

「まだ相変わらずブラコンなのか」

三塚にも指摘されて、「まあ、そうだな」と答えながらもさすがにバツが悪くなる。

「玩具メーカーに勤めてるなんて、久遠らしいな」

「子どもできたら、弊社の製品をよろしく」

「はいはい」

居酒屋を出る頃には、長年、どうして三塚に対して構えた気持ちでいたのだろうかと首をひねりながら、面倒だからといって誘いをことわらなくてほんとうによかったと思った。

帰り道、三塚が少し酔いを醒《さ》ましたいというので、オフィス街にある公園に立ち寄った。質素な公園なのでさすがにカップルのデートスポットということもなく、夜の闇に溶け込むように閑散としていた。

火照《ほて》ったからだに、冷たい夜風が心地よい。だが、あまり長いこといると、今度は寒くなってきてしまう。

「そろそろ帰るか」

そう声をかけたとき、ベンチに座っていた三塚が「あのさ……」と少し張りつめたような声で切りだした。

「高校のときのこと――俺、久遠にひどいことしたな」

具体的にあらためてふれられるとは思ってなかったので、章彦は驚きながら「もういいよ」と手を振る。

「仲直りしたろ？　俺はもう気にしてない」

「なら、いいけど……俺、おまえにキスしたのに、『わけがわからなくなった』っていいわけしただろ？　だけど、ほんとは――」

高校のときの情景を思い出す。後日、三塚が家に話があるといって訪ねてきたとき、章彦はなにかを期待していたのだ。受け入れる受け入れないはべつにして、三塚の正直な気持ちを聞かせてもらうことを待っていた。

「俺は久遠に惹《ひ》かれてたんだ。だから、キスしたんだと思う。でも、自分でもそれをごまかして……いいわけだけして、おまえに『死ねっ』っていわれるのあたりまえだよな」

「――――」

三塚のその言葉で、胸のなかでずっと頑《かたく》なにつかえていたものが消えていくようだった。おかげで楽に呼吸できて、心の底から笑うことができた。

「いまさら告白されても、遅いぞ。結婚するやつから告られても、聞きたくねー」

「そうだよな」

苦笑する三塚の肩を、章彦はぽんと叩く。

「でも、ありがとな。俺、やっぱり気になってたみたいだ。いまのおまえの言葉聞いて、胸がすーっとした」

「そうか。じゃあ、よかった」

三塚も晴れ晴れした表情になってベンチから立ち上がったので、ふたりで並んで歩きだす。

「これで高校時代、三塚は俺に惚《ほ》れてたって吹聴できる」

「おいっ、いいふらす気なのか？」

「いうわけないだろ。冗談だよ。でも、俺の思い出の一ページは書き換えられるんだ。『わけがわからない男にキスされた』っていうしょっぱい思い出じゃなくて、『俺を好きになった友達に切羽詰ってキスされた』っていう甘酸っぱい青春の記憶に」

三塚がおかしそうに「相変わらずだなあ」と笑いだした。

「そんなおまえが泣くところを見ちゃったから、俺はグラッときたんだよな。高校のとき」

「おい、駄目だぞ。おまえ、結婚するんだから、またグラッとくるなよ？」

「わかってるって」

最後まで馬鹿なことをいいあって、別れるときには「今度のクラス会にはこいよ」と念押しされた。

「おう、行く行く」

家までの帰路は長年胸にあったしこりが氷解したせいで、とても心が軽かった。スキップでもしたいぐらいだった。

もっと早くに逃げないで向き合えばよかった。「死ねっ」と突き放すのではなくて、自分に正直になって、「あのとき、なにを考えてたんだよ」と三塚に聞けばよかった。そうすれば普通に友達づきあいができたかもしれないのに、何年も損をしてしまった。

辿《たど》り着いた家の明かりを見上げながら、章彦は立ち止まってふと考える。

俺はいま、正直になってるんだろうか。太一に対して……そして、高林に対して？

8

商品が倉庫に届いたと連絡があったのは夕方になってからだった。

章彦は会社の敷地内の別棟にある倉庫に出向き、新商品のヌイグルミを確認する。

何度製品づくりにかかわっても、一番胸がわくわくして、緊張するのはこの瞬間だ。ちゃんと予定通りにできているだろうか。自分の思ったとおりのものを、商品として子どもたちの手元に届けることができるのだろうか。

カートンからヌイグルミをひとつ取りだして、手元にあるサンプルと見比べて、きっちりと見本どおりに製作されているかをチェックする。

羊兄弟は丸々しく愛らしく、そしてオオカミのロンリーはなかなか気障《きざ》で格好いいキャラクターに作られていた。

「いい出来じゃないか」

ぶつぶつとひとりで呟きなら、丁寧にチェックを続ける。

やはり途中でロンリーのデザインを変更したのは正解だった。サンプルのオオカミのヌイグルミを高林がかかえていたときのことを思い出す。

最初は羊兄弟を見たとき、自分と太一のことをよく連想していたのだが、いまではオオカミと羊は高林と双子たちに見えてくるから不思議だった。

そうだ、双子くんたちにひとつプレゼントしてやろう、と考えて、出来上がりの商品を持って帰ることにする。

チェック作業を終えて倉庫を出るとき、携帯が鳴った。菊池からだった。今日は羊とオオカミのヌイグルミが無事に納品されたという名目で、山中を誘って三人で飲みにいこうという話になっていたのだ。

気がつくと、すでに定時をとっくに回っている。

『久遠さん？　まだ羊ちゃんたちのチェック、終わらないですか？　そろそろ約束の時間が近づいてますけど』

章彦が席に戻ってこないので、心配になって連絡してきたらしい。先輩キューピッドとしては、いつも山中と一緒に行っているような騒々しい店に菊池を連れて行くわけにもいかないだろうと思って、ちょっと洒落《しゃれ》た人気のある店を予約している。その時間も迫っていた。

今日は自分も飲みにいきたかったし、つきあうつもりだったのだが、手にもっている羊たちのヌイグルミを見ているうちに気が変わった。

早くこれをうちに持って帰りたかった。そして、高林に「双子くんたちに」といって渡そう。双子にプレゼントできるのもうれしかったが、高林に出来上がった製品を見てもらいたかった。

「悪いんだけど、菊池——俺、今日はキャンセルさせてくれないか」

『えっ、いまさら、なにいってるんですか。トラブル発生ですか？　製品にミスがありましたか』

「いや、かわいくできてる」

『じゃあ、なんでですか』

菊池はかわいそうなくらいパニックになっている。それはそうだろう。せっかく山中と飲みにいけると楽しみにしていたのだから。

「落ち着け、菊池。あのな、店は予約してあるから、山中とふたりで行ってくれ。俺のことは、仕事が押してて、納品のチェックで遅れる、とでもいっておいてくれ」

『じゃあ、あとからきてくれるんですね？』

「いや、行かない」

菊池は「えー」と不安そうな声をだす。

「頃合を見計らって、俺から山中に電話を入れるから。『悪いけど、仕事がどうしても終わらない。菊池には悪いことしたから、おまえがちゃんと楽しませてフォローしてやってくれ』って。いいな？　俺がいないほうが、山中といっぱいしゃべれるぞ。お得だぞ」

『……わ、わかりました』

「よし。頑張れよ。自分に正直にな」

山中は基本的に女性にやさしいのだし、章彦がいないほうが、菊池との距離は縮まるに決まっていた。章彦がいたら、鈍感な山中は男同志の気楽さから章彦とばかり話す。

ふたりが社を出た頃を見計らってオフィスに戻り、帰り道の途中で山中に電話をかけた。山中も菊池と同じく「おまえがこなくてどうするんだよ」とあわてていたが、「いや、菊池は俺よりおまえが目当てみたいだよ？」といったら「そうなのか？」と驚きながらもまんざらでもなさそうだった。

よし、キューピッド任務は完了と思いながら、家路につく。

家には珍しく太一だけがいた。飲んでくるといっておいたから、章彦が帰ってきたことに驚いた様子だった。

「ごはん、まだなのか。高林くんは？」

「今夜はなんか牛丼食べたいな、って話になって、じゃんけんに負けた亮介が買いにいった」

「そうか」

「待ってて。お兄ちゃんの分も、いま電話で頼んであげる。まだ食べてないよね？　店についてない頃だと思うから」

太一は早速携帯で電話をかけて、高林に章彦の分の牛丼を頼んでくれた。

居間のテーブルの上に、不動産屋でもらえるようなアパートのチラシがあるのが見えた。高林がもらってきたのだろうか。いくつか丸をつけられている物件もある。

「これ……」

「ああ、部屋探し。いくつか見せてもらって、絞ってるみたい」

いよいよ話が具体的になってきた。もうあまり時間がない。高林が出ていく前に、章彦には懺悔《ざんげ》しなければならないことがあった。

「あのな、太一……俺は、高林くんのことで、おまえに謝らなきゃいけないことがあるんだ」

「亮介のことで？　なに？」

不思議そうな顔をしている太一を前にすると、決心が鈍った。自分のことを「天使みたいなお兄ちゃん」だと勘違いしてくれている太一にとってはショックだろう。太一が高林を好きかもしれないと先回りして、章彦が、ふたりの仲を姑息《こそく》にも邪魔していたなんて。

しかし、正直にならなければ、この胸のもやもやは消えないような気がする。双子たちにヌイグルミのプレゼントを堂々とするためにも、やましいことはすべて清算してしまいたかった。

「高林くんがゲイだって知って……それで、お兄ちゃん、おまえの気持ちにも気づいちゃったんだ。よけいなことだと思ったんだけど」

「………」

太一はこわばった顔つきになって章彦を見つめる。

「俺の気持ちって、なに？」

「――ごめんな」

とりあえず頭をさげて謝っておく。

「俺は高林くんに頼んでしまったんだ。おまえには手をださないでくれって。だって、心配だったからさ。偏見があったわけじゃないんだけど……おまえはもしかしたら、まだ迷ってる最中かもしれないって思ったから。高校の同級生で俺にキスしたやつもな、今度結婚するっていうし。だから、一時の熱に浮かされないように、慎重になってほしくて」

「………」

沈黙が怖くなって、章彦はおそるおそる顔を上げる。太一は目をぱちくりとさせていた。

「……亮介が、俺に手をだす？　なんで？」

「なんでって……だって、一緒の部屋に寝てただろ？　だから……」

「ゲイだから、襲うって？　亮介にも好みがあると思うよ」

「いや、そうじゃなくて……あれ？　だって、おまえは高林くんのこと、その……憎からず思ってるんだろう？　高林くんと親しげにしていた真紀くんにも愛想がなかったし。あれは、やきもちをやいてたんだろ？」

太一はおかしそうに笑いだして首を振った。

「全然違うよ。なんで俺が真紀にやきもちなんか……だいたい、俺と亮介がそんな色っぽい関係に見える？」

「いや、でも親しそうだし……おまえ、高林くんのことで、俺に怒ったじゃないか。かなしそうにすら見えたし。そのあともずっと態度が変だった。高林くんとだけこそこそと楽しそうで」

「あれはお兄ちゃんがゲイにすごい偏見をもってると思ったから……。べつに亮介をそういう意味で好きだから怒ったわけじゃないよ。亮介とこそこそしたのは……あいつが俺のことを『大丈夫だよ、偏見もってないよ、章彦さんは俺と仲良く話してくれるし、太一のことも理解してくれるよ』ってなぐさめてくれたから」

そこでどうして太一がなぐさめられるのかが理解できなかった。きょとんとしていると、太一は覚悟を決めたように章彦を見据える。

「亮介とは友達だけど……俺も、ゲイなんだ。だから、お兄ちゃんに亮介のことをいわれると、自分のことを責められるみたいでつらかった。お兄ちゃんに知られてると思い込んで、変な態度になっちゃったんだよ」

高林を好きなのでは――と勘ぐっていたのだから、当然「ゲイかも」とは思っていたのだが、本人の口からはっきりと告白されるとその衝撃度はすさまじかった。

「そ、そうなのか……。で、高林くんとはただの友達？」

「……軽蔑《けいべつ》する？」

太一がうっすらと苦い笑いを見せながら問いかける。章彦は即座に首を振った。

「軽蔑なんて、するわけないだろ。そんなの個人の自由じゃないか……いや、おまえがしっかりと自分のセクシャリティを把握してるなら、それでいいんだ。俺がよけいなお世話で気を回しただけで」

太一が好きなのは高林ではなかった。いくらゲイ同士でも、友達なのだから、そういう関係ではない。

この事実がはっきりと確認されて、章彦はとりあえず胸をなでおろす。しかし同時に首をひねることもあった。

「あれ？　じゃあ高林くんは、太一とどうにかなる可能性がまったくないって、自分でわかってたんだよな？」

「ありえないよ。だって俺も亮介もタチだもの。ネコは絶対にやらないし」

さらりと爽やかに専門用語でいいきられても、弟のカミングアウトの衝撃さめやらぬ兄としては困惑するばかりだった。対して、太一はずっといえなかったことを告白できたせいか、妙にふっきれた笑顔になっていた。

「そうか……じゃあ、なんであいつ——俺にキスなんか……」

高林は太一が自分を好きになるわけがないと知っていた。「友人だけど、好きだっていわれたら微妙に揺れ動くかも」などとうそぶいていたものの、最初から章彦の勘違いだとわかっていたのだ。

「交換条件」などをだされたのも、ただ単に章彦をからかうためだけに……。自分がからだを張って太一を守っていたというのも錯覚で……。

あいつ——とさすがにカッとなって、呪詛の言葉を吐こうとしたときだった。

「キス？　誰が誰にキスしたって？」

太一が硬い声で詰問してくる。えっ、どうしたの、怖い顔——とびっくりしつつも、章彦も頭に血がのぼっていたので「高林だよ、あの野郎」と暴露してしまう。

「俺はあいつにチュッチュッされて……やられ損じゃねえか」

「亮介が……お兄ちゃんにキスしたの？　……」

太一は茫然とたずねる。一瞬、その目が宙を泳いだので、章彦は高林への怒りも忘れて、「おい、大丈夫か」と太一の目の前で手を振った。

「……ほんとに、亮介がお兄ちゃんにキスしたの？」

「いや、あの——おふざけみたいなものだから。こう、かるーく？」

「でも、キスしたんだ？」

太一がなにやらショックを受けているようなので否定したかったが、嘘をつくこともできずに章彦は「まあ、ちょっとだけ」と答える。

「ただいまー」

最悪のタイミングで玄関から声がした。高林が牛丼屋の袋を片手に居間に入ってきた。

「はいはい、牛丼の配達ですよー。お待たせ」

高林がのんきに袋をテーブルの上においた途端、弾かれたように太一がソファから立ち上がった。あっけにとられる高林につかみかかる。

「亮介、お兄ちゃんにキスしたのか……？」

「――――」

高林は一瞬怯《ひる》んだ顔を見せたあと、静かに息を吐いた。

「ああ、したよ」

「信じられない……おまえ、なんてことするんだよ。まさかお兄ちゃんに手をだすとは思ってなかったのに」

「……手をだすもなにも……俺と章彦さんとのあいだのことだし、おまえには関係ないだろ。おまえは兄貴がキスする人間、いちいちチェックしてるわけ？　過去の彼女も？」

おい、高林、おまえは俺をだましていただろ――そう突っ込みたいのに、ふたりのあいだに流れる空気がやけに緊迫しているので、口を挟む隙がない。

「女性とおまえじゃ、話が違う。お兄ちゃんにおふざけでキスするなんて、俺は許せない」

「女性相手となにが違うわけ？　同じだろ。それに、誰がおふざけだっていった？　冗談でキスなんかするもんか。おまえのお兄ちゃんが魅力的だからキスしたんだ。それのどこが悪い」

え——と章彦は目を瞠る。太一も驚いて一瞬返す言葉を失ったようだった。

「——もっとタチが悪いっ！」

太一は胸ぐらをつかんだ手に力を入れて、高林を床に押し倒した。ふたりは互いに揉《も》みあい、ごろごろと床を転がりながら、殴り合いの喧嘩《けんか》をはじめる。

「俺はおまえを信じてたから、家に連れてきたんだぞ。なのにっ……」

「そんなにお兄ちゃんが大切なら、誰にも見せないように、鍵かけて箱にしまっておけよ。俺に見せるな。このブラコンっ」

「おまえだってひとのことといえるかっ。双子の写真を、携帯の待ち受けにしてるくせにっ」

「おまえほど重症じゃないっ」

「俺の初恋は、お兄ちゃんなんだ。女性相手ならあきらめもつくのに、おまえが——」

またもや思いがけない告白を聞いて、章彦は目の前の争いに反応できないまま固まってしまった。しかし、殴り合いが激しくなって、太一の口の端が切れているのを見て、はっと立ち上がる。高林の顔にもひどい痣《あざ》ができてきた。

あわてて駆け寄り、「もうやめろ」と引き離そうとする。しかし、興奮しているふたりはいうことをきかない。章彦のほうが「ほっといてくれ」と突き飛ばされてしまう始末。

尻《しり》もちをついた途端、頭のなかでブチッと血管が切れるような音がした。

「やめろっ、いい年してっ。少しは落ち着け、このガキどもっ！」

きーんと耳なりがしそうな大声に、さすがに高林も太一も動きを止めて、章彦を振り返る。

「やめろよ。まったく……なんでこんなことで、殴り合いの大喧嘩になるんだよ。俺に情けない思いをさせないでくれ」

ふたりは納得のいかない様子ながらも顔を見合わせ、ためいきをついた。渋々といったふうに離れる。

「……食事にするぞ。牛丼が冷めるから」

章彦は牛丼の袋をダイニングのテーブルまで運んで、お茶を入れるためにキッチンで湯をわかす。

高林と太一は決まりが悪そうにダイニングのテーブルについた。お茶を入れる章彦に、太一がちらりと気がかりそうな目を向ける。

「お兄ちゃん……俺……」

「駄目だ。おまえ、いま興奮してるんだから。話はあとでゆっくりしよう。食事のときはいいあいしない。高林くんもいいな？」

高林と太一はむっつりとした様子ながらも「わかった」と頷いて、ぼそぼそと牛丼を食べ

はじめる。

ほんとのことをいえば、章彦のほうが考える時間がほしかったのだ。頭を整理しなければとうてい追いつかなかった。牛丼の味も砂を嚙むようで、熱いお茶でやっとのことで喉《のど》に流し込んだ。


食事を終えても、雰囲気は険悪なままだったので、一晩頭を冷やそうとそれぞれの部屋にこもることになった。さすがに喧嘩相手と一緒に寝かせるわけにもいかず、高林には一階の和室を提供することにした。

ふたりの仲違《なかたが》いはなかなか深刻なようで、高林は太一の部屋に置いていた荷物を全部和室にもってきた。

「布団はここの使っていいから。この前、双子くんたちと寝たから、わかってるよな？」

押入れの布団を示すと、高林は少し迷ったように考え込んで、頭を下げた。

「――すいません。俺、今夜はこのまま真紀のうちに行く。あいつのところなら、どうにでもなるし」

困ったときに頼りにするのは真紀のところ――仲のいい従兄弟なんだな、と感心しながらもチクリとしたものを胸に覚える。

「でも、夜遅いし、迷惑だろう。今夜は……」

「いや、あいつのとこなら大丈夫だから。ほんというと、ここにくる前は真紀のところにいたんだ。でも、あいつの部屋は実家の近くだから、弟たちが毎日のように入り浸って……それで、困るから太一に相談して……」

高林はそこでいったん黙り込み、表情をゆがめた。

「太一は俺の顔を見たくないだろうから、今夜のうちに消えることにする。さっきはカッとなったけど……どう考えても、俺のほうが悪いから」

いずれ出ていくとわかっていたが、今夜というのは急すぎた。しかも、太一と喧嘩したままなんて最悪のパターンだ。章彦は必死に引き止める言葉をさがす。

「待てよ。太一だって、一晩たてば、頭に血がのぼってたって反省する。明日、きみが出ていったことを知ったらショックを受けるだろ」

「いや……さすがに今回は、太一は一晩じゃ俺を許さないと思うよ。俺から謝るけど――いまは、少し時間がほしい。やっておいてなんだけど、太一と喧嘩したことがけっこうショックだ」

高林は苦笑してから、荷物を整理しはじめる。

「――こんなつもりじゃなかったのにな。俺は、太一が章彦さんのことをどんなに大切にしてるか知ってた。だから……なんでこうなったんだろうな」

手早く荷物をまとめて、高林が「じゃあ」と上着を羽織るまでたいした時間はかからなかった。章彦は早くなにかいわなければ……と焦る。そのうちに思ってもみない問いかけが口をついてでた。

「高林くんは……真紀くんとつきあってるのか？　ずいぶんと仲良さそうだけど」

いまはそんなことを気にしてる場合ではないのに、なにをたずねているのか。口にしてから、自分で愕然とした。

「真紀と俺が？　まさか。従兄弟だよ？」

高林は思いがけないことをいわれたというように、首を横に振る。それでも章彦にとってはまだ疑わしかった。高林と太一がタチ同士だから、という説明は雰囲気でわかるが、真紀は明らかに属性が違う。それよりなにより——なんで自分は高林と真紀の仲をこれほど気にしてるのだ？

「従兄弟でも……ここにくる前は一緒に暮らしてたんだろ？」

「ほんの少しのあいだだよ。だいたいありえないって。それに真紀は——」

高林はふと悪戯っぽい表情になった。

「章彦さん、太一は自分のこと、告白した？　さっきの様子を見てると」

「……ゲイだってことか？　聞いたよ」

太一のことを、高林は知ってていてだまっていたのだ。しかし、友達が秘密にしているとなれば、当然、勝手にべらべらしゃべるわけにもいかなかったのだろう。

「じゃあ、もう教えてもいいかな。真紀は、太一の元カレだよ。ちょっとのあいだだけど、あいつらつきあってたんだ」

「え！」

またもや仰天させられて、章彦は胸を押さえながら「はあ」と深呼吸する。

「……今日は心臓に悪いことばかり聞かされるな」

「仲が悪そうに見えるのは、別れたから。でも、どっちもどっちっていうか、俺はなかなかお似合いだと思うんだけどね。太一は俺よりも恋愛経験豊富だよ、きっと」

「う、嘘だろ？」

「ほんと。章彦さんは俺のことを手が早いっていうけど、俺から見ればあいつは羊の皮をかぶったオオカミですよ。章彦さん、太一がそれらしい相手を連れてきたの、見たことない？」

連れてくる友達がみんな美男なのを見ては、「面食いなのだろうか」と思った記憶を甦らせる。ある、何人も――。

「だからね、章彦さんはさっき太一のいったこと、あまり重くとらなくても大丈夫だよ。初恋だってこと。あいつはもうとっくに卒業してるから」

気がかりだったことを指摘されて、章彦は肩の力が抜けていく気がした。

まさか太一にそんなふうに思われているとは考えもつかなかった、実はそのことに一番ショックを受けていた。

「そ、そうか……よかった」

「わかりやすいなあ。——やっぱり気にしてたんだ？　大丈夫だから、変に意識しないで接したほうがいいよ。あいつのためにも」

「わかった」

一晩頭を冷やせといったはいいものの、明日になって、太一の顔をどうやって見たらいいのだろうと思っていたのだ。兄として普通にしていればいいとわかって救われた気分だった。

「章彦さんは罪つくりだね」

「——は？」

「太一はあんたが理想だから……ちょっと顔が綺麗で、外見の雰囲気が似てると、好きになるみたいだよ。でも、中身まで似てるとは限らないじゃない。だから、相手はかわいそう。従兄弟だからって庇うわけじゃないけど、俺は真紀に同情するよ。あいつは口悪いだけで、かわいいとこもあるんだけど、なんでも『お兄ちゃん』と比べられるから」

「……そ、そうなのか」

今度機会があったら注意してやらなければ——しかし、いまはそんなことを章彦に訴えられても困る。

「俺も章彦さんのせいで調子が狂いっぱなしだし」

高林が笑いながら睨みつけるので、章彦はむっとした。

「それはこっちの台詞だ。きみがこのうちにきてから、どれだけ騒がしてると思ってるんだ」

「まあ、たしかに。——でも、俺もこんなに頭のなかがこんがらがったのは初めてだから愚痴りたくもなる。最初にいったはずなのにね。章彦さんは『アウト』だって。ブラコンもマザコンも、ひとりで空回りするノンケもごめんだって」

たしかにそういっていた。「なんでおまえに選別されなきゃいけないんだ」と章彦は憤って……。

そう思い出しかけて、章彦ははっとする。目の前で自分を見つめる高林の目がとても穏やかに澄んでいたからだ。いつもはその含みのあるような眼差しにドキリとするのに、今日は胸が痛かった。

「なのに……どうして俺は章彦さんにいろいろちょっかいだして、『交換条件』なんていったり、キスしたりしたのかな。女性と食事してるのを見ても、腹が立った。ストライクゾーンから大きく外れてるのに、『アウト』なのに。……太一が怒るってわかってて、あいつを裏切るつもりなんてなかったのに」

その答えは、章彦のほうこそ知りたかった。自分だって、ほんとうにいやな相手だったら、男にキスされるのなんて耐えられないはずだった。軽妙なノリとはいえ、高林相手ならどうして平気でいられたのか。しかも、この期《ご》に及んで、真紀との関係を問い質《ただ》すなんて……なにを気にしてる？

「まったくだよ……なんでなんだ？」

「——いってもいいの？　俺、太一に殴られたばかりだよ。今度は殺される」

高林は自らの顔をなでながら「ひどい痣になってるだろ」と呟く。

「こんな冴《さ》えない顔のときに、章彦さんとお別れしたくなかったのにな。残念だ。もっと二枚目で去っていきたかった」

「ふざけたことばっかりいって……」

ほかになにかいおうと思っても、章彦にも迷いがあって言葉が中途半端に止まってしまう。今日はさすがに一度にいろいろなことがわかって、頭のなかで処理できないまま、ぐちゃぐちゃに絡まりあっている。

高林は「お世話になりました」と頭を下げてから、荷物を手に玄関へと向かった。最後に靴を履いてから、章彦を振り返る。

「章彦さん、俺はたしかにふざけてばっかりいるけど、さっき太一の前でいったことはほんとだよ。——章彦さんが魅力的だから、惹かれたからキスしたんだ。それは嘘じゃない」

「…………」

「だからちょっかいだして……自分でもやばいなって思うくらい、章彦さんのことが気になって——そしたら、今度はキスすることもできなくなった」

先日、高校の同級生の三塚が「惹かれていた」といってくれて、胸のつかえがなくなったことを思い出す。

自分も正直にならなければならない。初めは高林に対して『早く出て行け』と思っていただけだった。だけど、いまは……。

章彦がなにも応えないのを見て、高林は笑みを見せる。

「困らせるつもりはないんだ。章彦さんがそういうひとじゃないってのはわかってるし。ただ俺がいっておきたかっただけ。——さよなら」

9

翌朝、章彦はいつもどおりに起きて朝食の支度をした。時間になると、太一の部屋をノックする。

「ほら、太一。起きろ、時間だぞ」

返事がなくても、ドアを開けて部屋のなかに入っていく。ベッドの布団を無理やり引き剝がして、「起きろ」と呼びかけた。

太一はまだ眠そうな顔をして章彦を見上げる。最初は寝ぼけていたものの、目が合うと気まずそうな表情になった。

「朝食、一緒に食べるだろ？　起きてこい」

「――――」

起き上がって、太一はあらためて章彦の顔を見つめる。章彦が普段と同じに起こしにきた意味を悟ったのか、その表情にゆっくりと笑みが広がった。

「……おはよう、お兄ちゃん。すぐ行くから」

「おう。味噌汁《みそしる》あたためておくからな」

章彦は太一の部屋を出て、階段を下りながら深呼吸をする。大丈夫だよな、いつもどおりに振る舞えたよな、とひとつひとつ確認しながら。

ダイニングのテーブルでそわそわしながら待っていると、太一は携帯を確認しながらやってきた。なにか気にかかるメールでもあったのか、少し考え込むような顔つきで席について、

「いただきます」と箸《はし》をつける。

章彦も「いただきます」と食べはじめた。出勤前でゆっくりもできないので、昨夜のことにはふれないでおこうと思ったが、高林が出ていったことだけは知らせなければならなかった。

「あのな、太一。高林くんのことだけど、昨夜、出ていったんだ。従兄弟の真紀くんのところに泊まるって」

「うん――知ってる。夜中に亮介からメールが入ってた。いま、読んだところ」

「そうか」

よかった、連絡してくれたのか。高林は少し時間をおきたいといっていた。仲直りするかどうかはふたりの問題なので、章彦はこれ以上口を挟むわけにもいかなかった。

朝食を食べながら、テレビのニュースをぼんやりと見つめる。アナウンサーの言葉はまったく頭のなかに入ってこなくて、昨夜別れる間際の高林の声ばかりが頭のなかに再生されていた。

(——章彦さんが魅力的だから、惹かれたからキスしたんだ。それは嘘じゃない)

あんなことをいって、俺にどうしろっていうんだ？　「ただいっておきたかっただけ」なんていって、こちらに考えるひまもろくに与えずに去っていくし……。

「……お兄ちゃん」

太一に声をかけられて、章彦ははっと瞬《まばた》きをくりかえす。

「昨夜のことなんだけど」

その話は帰ってきてからゆっくりするつもりだったのだが、太一が真剣な顔をしているため後回しにするわけにもいかなくなった。

「俺がいったこと……もしかしたら、お兄ちゃんが気にして悩んでるんじゃないかと思ったから、いっておきたいんだけど。ちょうどゲイだって告げたあとだったし」

「うん——」

章彦は姿勢を正して聞く。すると、太一は面食らったように苦笑した。

「いやだな。そんなに身構えないで。俺はただ、お兄ちゃんはずっと俺のお兄ちゃんだよっていいたいだけだから」

「——」

告げられた瞬間に、胸が詰まった。言葉がでなくて、章彦は「うん」と頷く。太一はつつみこむように章彦を見つめる。

「昨夜、俺は『お兄ちゃんは俺の初恋だ』っていったけど、小さな子どもがパパのお嫁さんになるっていうのと同じ感覚なんだ。だから変な意味はなくて……。もし、お兄ちゃんが悩んじゃったら申し訳ないから、ちゃんと伝えておきたかったんだ。お兄ちゃんは俺の家族で、大切なひとだから」

じわじわくるものをこらえて、章彦は太一を睨みつける。

「……わかってるよ、そんなこと。あらためていわなくたって」

「そうだよね。でも、ちゃんといっておきたかったんだ。それともうひとつ。お父さんとお母さんが事故で死んだとき、俺と一緒にいることを選んでくれて、ありがとう。俺はまだ子どもで、お兄ちゃんにお礼をいう機会もなかったから、いまいっておくよ」

こちらから問いかけたわけでもないのに、一番欲しかった答えをもらってしまった。太一もまったく同じ気持ちで、自分の想いは通じていたのだ。血がつながっていなくても、宝物みたいにかけがえのない家族だということ。一緒にいられてよかったと考えていること――。

「……馬鹿、おまえ。そんなことに礼なんて……」

章彦は込み上げてくるものをこらえきれずに、とうとう眦《まなじり》をぬぐった。

「お兄ちゃん、こすったら目が赤くなるよ。出勤前なのに」

「お、おまえが泣かせるようなことというから……」

太一は手を伸ばしてきて、「はい」とティッシュで章彦の眦をそっとなでる。章彦はティッシュを受けとって、ごしごしと顔をぬぐう。あふれてくるものはなかなか止まらなかった。

「……夕べから、いろいろびっくりさせちゃったもんな。ごめんね、お兄ちゃん」

「そうだよ。心臓が飛びだしそうだよ。……おまえ、真紀くんとつきあってたんだってな」

太一は顔をしかめて「亮介だな」と呟いた。

「駄目だぞ。交際相手にはやさしくしないと。人間、どちらかが寛容にならないと、うまくいかないいんだ」

「いつも振られるお兄ちゃんにアドバイスされても説得力ない」

「あっ、こいつ——俺が振られるのは、いつもおまえのせいなんだぞ」

章彦が普段の調子に戻って頭をこづくと、太一はうれしそうに声をたてて笑った。ふと静かに目を伏せる。

「でも、亮介とはうまくいきそうだろ」

「なんで高林くんがでてくるんだ」

「だって、お兄ちゃん、嫌いなやつとキスなんてしないだろ。そんなにくだけたひとじゃないはずだし。それなのにさんざんキスしたってことは……」

それは我ながら疑問のひとつなので黙るしかない。太一は「ほら、ね？」と見透かしたような目をする。

「お兄ちゃん……俺はたしかにお兄ちゃんのことは家族だと思ってるんだけど、亮介とのこ

とはやっぱり弟としておもしろくないんだ。だからヤキモチはやかせてもらうよ。俺の大切なお兄ちゃんを奪うんだからね」

「だから、俺はべつに高林くんとはなにも……」

「でも、亮介はそうじゃないみたい」

太一はテーブルの上に置いてあった携帯を手にとって眺める。

「亮介からメールがきてたっていっただろ？　俺に『ごめん』って謝ってた。『ごめん、章彦さんに本気で惹かれた。本気だから許してくれ』って」

「…………」

章彦はなにもいえずに太一の顔を見つめ返す。太一は携帯のメールの画面を「ほら」というように示す。

「お兄ちゃん、ゲイに偏見あるの？」

「な、ないっ。それは個人の自由だ」

「じゃあ、ちゃんと読んであげて。あいつの気持ちだから。昨夜、俺の前であんなに威勢がよかったのに、真面目に平謝りだよ。亮介のやつ、よっぽどお兄ちゃんが好きなんだな」

ひとのメールをいいのだろうかと思いながらも、章彦は携帯のメールに目を通す。「俺から謝る」とはいっていたが、普段の調子からは考えられないほどの切々とした調子で許してほしいと綴《つづ》られていた。

本気で好きだから、許してほしい、と。

太一は仕方なさそうに肩をすくめる。

「ヤキモチはやかせてもらうけど……俺はお兄ちゃんも亮介も好きだから、好きにしたらいいよ」

考えなければならないことは山ほどあった。しかし、家を出なければならない時間が迫っていることに気づいて、章彦はあわてて席を立つ。

「ヤバイ、もう行かなきゃ……」

上着と鞄《かばん》を手に「いってきます」と玄関に出ようとする章彦に、太一は「いってらっしゃい」といつもと同じ笑顔で声をかけた。

その日はちょうど外で打ち合わせがあったので直帰することになって、章彦は取引先から帰り道の玩具屋によることにした。ちょうど羊とオオカミのヌイグルミが店頭に並ぶ日だったからだ。

人気の原作なので特設コーナーが設けられており、関連商品のなかに「新発売」の名札をつけて、ヌイグルミたちは並んでいた。

倉庫で初めての納品をチェックするとき、そしてこうして店頭に並んでいる商品を見るときが、もっとも仕事の達成感を覚えるときだ。

我が子同然のヌイグルミたちを「うんうん」と頷きながら眺めて、章彦は満足気な息を吐いた。俺の手がけたヌイグルミが、売り場のなかで一番かわいい――そう自惚《うぬぼ》れる神経がなければ、この商売はやってられない。

「あ、久遠さん。お久しぶりです」

顔見知りの売り場の担当者が章彦に気づいて声をかけてきた。

クリスマスなどの繁盛期には、玩具メーカーの社員は玩具売り場の応援にかけつける。毎年同じ店にいっているので、営業でなくても販売店ともそれなりのつながりができる。

「久遠さん、これ、かわいいですね。人気のキャラクターだし、いままでも『羊たちのヌイグルミは売られてないんですか』って問い合わせもあったから、手ごたえあると思いますよ。オオカミもどうなるかと思ってたけど、子どもが手にとりやすそうなかわいさとカッコよさを兼ね備えてるし」

章彦はついいつものくせで「ロンリーは苦労したんですよ」といいかかけて、あわてて「オオカミが」といいなおす。

「ありがとうございます。もうすぐ販売のお手伝いもさせていただきますので、よろしくお願いします」

最後に頭を下げて担当者と別れて、もう一度羊とオオカミを眺め、陳列を整える。

そういえば、高林にヌイグルミを渡しそびれてしまったな、と思い出す。双子たちに渡してほしかったのに、せっかく職場から持って帰ったヌイグルミたちは章彦の部屋に置かれたままだ。

あれから一週間以上たつが、高林からはなんの連絡もない。太一に「許してほしい」とメールで謝っていたわりには、章彦になにもいってこないのだ。

「ヤキモチやくよ？」と公言している太一に「高林くん、どうしてるんだ？」とたずねるわけにもいかず、まだ真紀のところにいるのか、それとも引っ越したのかすら情報が伝わってこなかった。

(——さよなら)

まさかあれで本気で終わりのつもりなのか？　告白しておいて、自分がいっておきたかっただけですませるのか？

「さよなら」といわれて、章彦も引き止めなかったが、あんな短時間で気持ちを決めろというのにも無理があるだろう？

だって男だし、弟の友達だし、八つも年下だし。いままで女性とつきあったことはあっても、離れているあいだもずっと胸の底がちりちりと痛むような、こんなもやもやしたものを感じたのは自分だって初めてで……。

てっきりほとぼりが冷めた頃に章彦に連絡してくるとばかり思っていたが、一週間はあまりにも長かった。

俺のほうが年長者だし、「引っ越し先は決まったのか？」とでも連絡をとってみるべきか？　あちらにイニシアチブをとらせてやるつもりで待っていたのに、まったく気がきかない野郎だ。でもヌイグルミも早く渡したいし、今夜にでも……。

よし、決意も新たにしながらヌイグルミたちを整え、売り場をあとにしようとした。そのとき、思いがけなく背後から声をかけられる。

「章彦さん？」

振り返ると、高林が驚いた顔をして立っていた。こんなところで会うとは思っていなかったので、章彦も茫然とする。偶然にしてはできすぎていた。いままで頭のなかで高林のことをあれこれと考えすぎて、妄想が具現化したのかと思ったくらいだ。

自分にはそういう力がある。子どもの頃、お母さんと兄弟がほしいと空想していたら、望んでいたとおりのものが手に入った。

いまも、願ったからこそ、高林が現れたとしか思えなかった。

「どうしてこんなところに……？」

太一との殴り合いでつけられた痣はもう消えていた。高林は照れくさそうに笑う。

「章彦さんのヌイグルミが――今日発売だって、太一から教えてもらったから。弟たちに買っていってやろうと思って」

「そうか。双子くんたちにはちゃんと用意してあるんだ。納品された日に会社から持って帰ったやつがあるから、うちにとりにくるといい。俺ももう仕事は終わりだから」

高林は少し迷ったふうに考え込んでから、「じゃあ、そうさせてもらおうかな」と一緒に歩きだす。

売り場から離れるときに、母親と女の子のふたり連れが「羊さんだー」とヌイグルミのところに駆け寄っていくのが見えた。

女の子が羊のヌイグルミを抱きかかえるのを見てから、章彦は「行こう」とうながした。

「いいんですか？　もうちょっと売れてるかどうか偵察しないで」

「いいんだよ。かわいいから、売れるに決まってる」

「強気だなあ」

店を出て、帰路に着きながら高林は近況を話しだした。まだ真紀のところに泊まっていること、師走であわただしいので、とりあえず年内は実家に帰って、年が明けたら引っ越しを考えようかと思ってること。

地元の最寄り駅についてからは、家までの道をどちらともなくゆっくりと歩いた。

冬の日が落ちるのは早く、辺りは夕闇に包まれ、街灯に照らされている。ヌイグルミをとりにこいといったものの、家のなかで高林とふたりきりになることを想像するといまさらながら緊張した。外でこうして並んで歩くのはまだいいのだが……以前まで平気だったはずのことが突然心臓に悪くなる。

「実家に戻るっていっても、きみはいったん帰ったら、双子くんたちにまとわりつかれて、独立する気がなくなるんじゃないか？　大丈夫か」

「なにいってるんですか。俺はあいつらに兄離れしてもらわないと困るんだから」

「弟離れの間違いだろ。携帯の待ち受け画像、見せてみろよ」

「いやなこと覚えてるな。なんの罰ゲームなの、これ」

高林は愉快そうに笑いながら、携帯を差しだして「はい」と章彦に見せた。「どれどれ」と首を伸ばす。そこには双子たちの愛らしい笑顔があるはずだった。しかし、目に入ってきた予想外の画像に目を瞠る。

「なんだ、これは——」

待ち受け画像になっているのは、章彦の写真だった。ワイシャツ姿の昭彦が手に上着と鞄をもって、笑いながら立っている。朝、ちょうどリビングから出ていくところだった。いつのまにこんな写真を——。

「太一に送ってもらったんだ。俺が『撮って』って頼んで」

そういえば、数日前、太一に「いってらっしゃい」といわれて、笑顔で振り返ったところに携帯を向けられて写真を撮られたことを思い出す。

「ひとをさんざん心配させておいて、なに勝手にいつのまにか仲直りしてるんだよっ」

「太一とはもともと仲いいもの。俺が本気で謝ったんだから許してくれるよ。章彦さんのことは、また別問題だから」

高林は悪びれずに答える。ひとり蚊帳《かや》の外におかれた気がして、章彦はムカムカした。

「だったら、なんで……」

いままで俺には連絡してこなかったんだ、という問いかけは口のなかで消えてしまう。

高林はそれを読みとったように小さく笑いを洩《も》らした。

「ほんとは、今日、玩具屋で章彦さんに会わなくても、俺は家を訪ねようと思ってた。『ヌイグルミ、発売になったんですね』とでもいいながら、顔を見に行こうって。まさか店でばったり会うとは思ってなかったけど」

「……なんで今日なんだよ。いままでなにしてた」

ようやく問い質すと、高林はうつむいた。

「章彦さんにも考える時間が必要かなと思って。それに、俺も顔の痣が消えるまではカッコイイこともいえないし」

「顔の事情で放置なのか」

「そりゃ、真面目な話、ちゃんと告白するには身なりも整えたいよ。……っていうのはいいわけで、ほんとは怖かった。俺の気持ちは伝えたつもりだったし、章彦さんが会ってくれなかったらどうしようとか考えてて悩んだんだ」

「きみはそんな殊勝なキャラじゃないだろ？」

容赦のない突っ込みに、高林は声をたてて笑いだした。

「そうだよ。だけど、このあいだもいったけど、章彦さんのせいでいろいろ変わったんだよ」

「どう変わったんだよ」

「いろいろと。——携帯の待ち受け画像も変わったし。章彦さんも、俺の画像を待ち受けにしてくれる？」

「やだよ、そんなの」

胸が不規則に高鳴るのを感じながら、章彦はだんだん焦りはじめていた。

高林が伝えようとしていることは充分にわかっているし、こちらも受け入れる準備はあるのに、いったいどのタイミングで自分に正直になればいいのかわからない。つまらない言葉ばかり返してしまって、「いいよ」と頷ける機会がない。

住宅街に入り、ようやく家が見えてきた。太一は今日バイトで夜遅くまで帰ってこないはずだった。門扉を開けて中に入り、ドアの鍵を開けながら、章彦は高林のことを心のなかでひそかに呪う。せっかく待ってるのに、もう少し俺が素直に「いいよ」と返事をしやすいような言葉をかけてこいよ、高林——。

するとき、心の声が伝わったのか、ドアを開けたとき、高林が背後から呼びかけてきた。

「——章彦さん。ブラコン卒業して、俺とちゃんと恋愛してくれませんか」

「………」

ふいうちにすぐには声がでなくて、振り返りながらごくりと息を呑む。ずっとかかえていた胸のもやもやが消えていくと同時に、自分の気持ちがくっきりとわかりやすいかたちで見えてきた。

どうしてキスされていやじゃなかったのか。それは——自分も高林に惹かれていたからに他ならなかった。

認めてしまったら、先ほど呪ったばかりの相手を前にして、照れくさいような笑いがこぼれた。

「いいよ。……きみもな？」

高林も似たような笑顔で章彦を家のなかに押しやり、自分も続いた。そしてドアを閉めると同時に抱きしめてきた。

まずは二階の自室にこいといったのは、新作のヌイグルミを渡したかったからだった。部屋に入ってきた高林に、「ほら」と早速包みを渡す。

「秀巳くんと和巳くんの分、両方あるから、もっていってくれ」

「……ほんとにこれを渡すために部屋にこいっていったんだ？」

高林はあっけにとられた顔をしたあと、唇の端に薄い笑みを浮かべた。

「ほかになにがある」

「玄関入っていきなり『まずは二階へ』なんていうから、てっきり誘われてるのかと。大胆だなあ、って期待したのに」

「馬鹿じゃないのか。さっき『ちゃんと恋愛しよう』っていいあったばかりだろ。それをいきなり——ケモノじゃあるまいし」

これ以上ここにいるのは危険かもしれないと判断して、章彦は上着だけ脱いで部屋を出ようとする。ところが高林は部屋の中央に突っ立ったまま動こうとしなかった。

「……じゃあ、いつするの？」

「え？」

「気持ちもちゃんと伝えあったのに、いま駄目なら、いつするの？　俺はいま、最高に盛り上がってる気分なんだけど、章彦さんはそうじゃないの？」

「い、いつって……こういうのはちゃんと段階を踏んでだな。少なくとも、今日は仕事を終えて帰ってきたばかりで……それに、太一がいつ帰ってくるかわからないし」

「太一、今日はバイトだよね。十二時近くまで帰ってこないはず」

「――よく知ってるな？」

「太一がいないってわかってたから、今日、章彦さんのうちを訪ねるつもりだったんだよ。シフトは調査済み。途中で邪魔されたらいやだし」

「…………」

にっこりと笑いかけられて、冷たい汗が脇を流れた。

「おまえ、やっぱり鬼畜じゃねえか」

「いや、章彦さんに出会ってから純情キャラに変化したんだよ」

「……嘘つけっ。このあいだ……俺が気になったら、キスもできないっていってたくせに……だましただろっ」

章彦が部屋のドアに手をかけようとすると、高林がその腕をがっしりとつかんで「往生際が悪い」と引き戻す。なおも抵抗する章彦を抑え込むように後ろから抱く。

「ほんとにね。俺はなんでこんなに色気のないひとを懸命に口説いてるんだろうな。格闘技じゃないんだから、本気で俺に力を入れさせないでよ。……力、強いなあ」

「……あたりまえだろっ……」

睨みつけると、すごい形相になっていたらしく、高林は派手に噴きだすと力が抜け切ったように章彦を解放してその場に膝《ひざ》をついた。

ベッドの端によりかかってしばらく笑ったあと、髪をかきあげながら息をつく。唇に苦いものが浮かんだ。

「このあいだキスもできないっていったのは、ほんとだよ。……好きだと思ったら、卑怯《ひきょう》なことしてるみたいで——嫌われるのが怖くなって、さわれなくなった。でも、いまは章彦さん、俺のことを好きでいてくれるんだろ？」

まっすぐに見つめられて、章彦は返事に詰まる。

「違うの？　俺は章彦さんこと好きだけど」

あらためて告げられると、知らず知らずのうちに目許が熱くなる。ひどくみっともない顔をしていると思ったら、うつむいて面《おもて》をあげられなくなった。

「……好きだから、抱いて、安心したい」

顔を上げて目線があった途端、章彦は逃げることができなくて、高林のそばに腰を下ろす。

「仕方ないな……」

キスをしながら、ベッドに倒れ込んだ。

高林はあらためて「好きだよ」と囁きながら顔中にキスを降らせたあと、章彦のネクタイをゆっくりとほどいて、ワイシャツの前をはだけさせる。

章彦がビクッとおののいて反応するたびに、「大丈夫」といいたげに耳もとにキスが落とされた。

あれよあれよというまに上半身を剝《む》かれて、ズボンも脱がされた。動きがなめらかすぎて、章彦は心の準備もできないままにコトが進んでしまいそうで焦る。

「ちょ……ちょっと待てってば」

「——なに？」

章彦の胸もとに吸いつこうとしていた高林は少し億劫《おっくう》そうに顔を上げた。やさしげなのに、いつもみたいに悪戯っぽさはなくて、少し熱を帯びた色気のある目にドキリとする。

「いや、その……」

「——大丈夫。いやなことはしないから」

話はおしまい、とばかりに高林はキスで口をふさいでくる。

んーっ、と苦しくなるほど唇に吸いつかれて、酸素不足になったみたいに眩暈《めまい》がした。くらくらとなったところで、耳を軽く嚙まれて、舐《な》められる。

「ま……待てってば。ちゃんと俺の話も……」

「あとでするって。あのね、章彦さんはお花畑に住んでるから平気なんだろうけど、俺は生身の男だからね。『交換条件だ』っていってキスしてるときから、どれだけ我慢してると思ってるんだ」

意外に余裕のないところを吐露されて、胸がきゅっと引き絞られるみたいに甘いものが込み上げてきた。甘すぎて、吐き気がしそうなほどなのに、中毒みたいに味わうのをやめられない。

「だから……俺の話も聞けって。さっきから、きみばっかりして、不公平じゃないか。俺からも、キスくらいさせろ」

今度は反対に高林が虚を突かれる番だった。

「章彦さんが俺に？」

「そうだよ。俺にもさせろ」

「——じゃあ、喜んで」

高林は脇に寝転ぶと、両手を胸の上で組んで「してして」とばかりに目を閉じる。

唇でもぎゅっとつまんでやろうかと思ったが、顔を近づけたときにはそんな気も失せていた。目を閉じている高林は、どこかあどけない部分も残っていて、なかなかかわいらしかった。そして憎らしいけれども、やはり見惚《みと》れるくらいに格好いい。

先ほど込み上げてきた甘いものが、心のなかに満ちて、唇からもあふれてしまいそうだった。それを口移しで伝えるつもりで、そっと唇を合わせながら、高林のこめかみから耳もとをなでてやる。

唇を離すと、高林はすぐに目を開ける。至近距離で目が合って少し驚いたけれども、甘いものは口からこぼれていくばかりで、もう一度唇を合わせる。高林はなにもいわずにキスを受け入れた。

「——眠り姫にキスする王子様みたいにやさしいね」

からかっているのかと思いきや、高林は思いのほか真剣に章彦を見つめる。

「章彦さんはそうやってキスするんだ。女の子を抱くときも、あんたはやさしいんだろうね」

「な……」

さすがに「ふざけたこというな」といいかえそうとしたものの、高林がふいに寝返りを打って、枕に顔を埋《うず》めてしまったので勢いをそがれた。しばらく動かないので、心配になって顔を覗き込もうとしたら、拗《す》ねた目で見上げられた。

「駄目だな。自分で口にしておいて、ヤキモチやいておかしくなりそうだ……どうしてくれる？」

章彦は思わず笑いを洩らさずにはいられなかった。

「高林くん、きみ……」

いいかけたところへ、高林が顔をあげて、章彦の腕をつかんでそっと引く。

「——俺も、やさしくするから」

目が合った途端に、かすれた声で囁かれて、章彦は口にしかけた言葉の続きなど忘れてしまった。

腕を引かれるままに抱き寄せられて、唇を合わせる。首すじをなでられながら、深いところまで食べられるみたいにキスをされた。

再び上に乗られてからだをシーツに押しつけられたときには、もうなにかを考える余裕はなかった。胸をゆっくりとさすられて、章彦は大きく息を吐く。チュッチュッと何度も乳首にくちづけられて身をよじった。

「ちょ……くすぐったい」

「どこ？　ここ？」

今度は唇をしっかりとつけて吸われて、章彦は「あ」と細い声をあげてのけぞる。高林は荒い息を吐いて首すじに吸いついてきた。

「章彦さん、かわいい……」

「……おまえ、目がおかしいよ」

高林は笑っただけでなにもいわずに首すじから徐々に頭をおろしていき、再び胸のあたりに顔を埋める。

「ここ、美味しい」

「ばっ……」

馬鹿――と最後までいうことができなかった。乳首を吸われながら下腹をいじられる。自分のそこが反応しているのを知られるのが恥ずかしかったが、指でたくみにこすられるうちに、ただ心地よい息を洩らすしかなかった。

さすがに口に含まれたときは驚いて、さらに後ろに指を入れられたときはからだをこわばらせたものの、すぐにその刺激に蕩《とろ》けた。

「あ――」

煽《あお》られるままに昇りつめて、章彦はほどなく高林の手を濡らしてしまった。荒い息を吐いている章彦の唇に、高林は「かわいい」といいながらキスしてきた。

「章彦さん――」

そのキスは甘いと同時に切羽詰ったような焦りに震えていた。

高林は自身の昂《たか》ぶりを押しつけてきながら、何度も章彦にキスをくりかえす。その張りつめた熱を感じるたびに、章彦のほうがじれったくてどうにかなりそうだった。

「……早く――入れろよ」

「平気？」

「……やってみなきゃわからないけど……早くひとつになりたいから……」

章彦のからだにこすりつけられていた動きが、ぴたりと止められた。どうしたんだ、と顔を見ると、高林は苦笑していた。

「……いま、あやうくイキそうになったよ。ひとつになりたいなんてお花畑な台詞のせいで」

さすがにコトの最中ということも忘れて、章彦のこめかみに青筋がたつ。

「早くしろって」

「――いわれなくても」

しかめっ面になった章彦の顔にキスしながら、高林は足をかかえあげる。

「章彦さんって、ほんとにかわいいこというよね。たまらないから、早く俺のものにしたい。……全部」

熱いものが押しつけられて、指で緩ませられたところに入ってくる。じわじわと侵食されていく感触に、章彦はますます顔をしかめた。

「――あっ……ん――」

「少し我慢して……ゆっくりするから」

なだめるようにキスを浴びせかけられるものの、大きなものが入ってくる違和感は消しようもない。

高林がいったん動きを止めてくれたあいだに息を整えた。それも束の間、「いい？」とたずねられて、返事をするひまもなく腰を揺らされる。

あっ、と悲鳴を上げたが、高林は動きを止めてくれなかった。最初はゆっくりと浅く突い

ていてくれたものの、徐々に動きが激しくなってくる。

抗議するつもりでしがみついた背中に爪《つめ》をたてたが、さらにしっかりと足をかかえられて揺らされるだけだった。

「好きだよ、好き……」

荒い呼吸とともに落ちてくる言葉が、つながっている部分の不自然な痛みを甘く治癒する。よけいなことはなにもいえなくなって、蜜《みつ》のなかでさらに蕩けあうような感覚に酔いながらされるままになるしかなかった。深くつながるたびに、興奮までもが伝染するようだった。決して苦しさが消えたわけでもないのに、ずっとつながっていたいような気持ちにさせられる。

「章彦さん、ほんとかわいい……」

「――や……め」

荒々しく内部を突かれ続けて、章彦は息も絶え絶えになる。敏感になった胸をいじりながら、高林はさらにからだを折り曲げ、深く入ってくる。

「……そんな――も……」

もう無理――と思うのに、からだの奥をえぐる熱は静まってくれない。激しく動かされているうちに、意識が朦朧としてきた。

やがて高林が眉間に皺を寄せて、耳もとに「いい？」と囁く。

「出すから——」

ぞくぞくと腰が痺れて、からだのなかが飴みたいにとろける。内部に打ち込まれる熱情が弾《はじ》けるのと同時に、章彦も自らの熱を再び解放した。

「——章彦さん……」

ハア……と荒い息をつきながら、窒息死でもさせるつもりなんじゃないかという勢いで高林がキスしてきた。それでもふわふわと甘い気分になるのだから、かなりの重症だ。

興奮さめやらないような高林の頭を、章彦はなだめるようによしよしとなでてやった。しばらくそうやってじゃれあうようにキスをくりかえしてから、高林はまだ熱っぽい瞳を心配そうに向けてくる。

「……大丈夫だった？」

「恐れていたよりは……なんとかなった」

「よかった」

ほんとは激しく動かされたときはどうにかなるんじゃないかと怖かったが、口にしないでおいた。高林が夢中になっているのが伝わってきて、懸命な様子が思いのほかかわいかったからだ。

「章彦さんのなか、すごく気持ちよかった。どうにかなりそうなくらい」

「そうか……」

おかげで、章彦のほうはまだなかに入っているような違和感が抜けなかったけれども、高林が良かったというのなら、こちらも良しとしなければならない。

「章彦さんは気持ちよかった？」

あらためてストレートに聞かれると、コトの最中よりも照れるものがある。

「……ま、まあな」

「『まあな』って、よくなかった？　俺としては気になるけど」

「いや、よかったよ。ただまだ入ってるような感じがあって……」

さすがに言葉を濁したが、高林は興味ありげに「ふうん」と顔を近づけてきた。

「それっていやな感じ？」

「いやじゃないよ。きみが入ってる感じだから……慣れれば消えると思うけど」

高林はふいに黙り込んでうつむく。じっとしているので気になって、「おい？」と声をかけると、はにかむように顔をあげた。

「章彦さんのなかにずっと入れてるところ、想像した」

「やめてくれよ。冗談じゃないぞ」

高林は笑ったものの、再び章彦を押さえつけてキスしてくる。甘く殺されそうなキスに応えながら、からだに押しつけられる硬い熱にぎょっとした。

「お……おい？　いましたばっかりだろ」

からだを起こして、ベッドの上を逃げようとする章彦の腕を、高林はがっしりとつかんで抱き寄せる。

「今度はもう少し色っぽくしよう？　さっきは夢中だったから」

「色気がないのはおまえじゃ……がっついてるだけじゃねえか。ちょ……ちょっと、押さえるのに、どこさわって……」

暴れるのにもかまわず、高林は再び後ろから章彦を押さえつける。

「やめろっ……あっ——」

できるかぎり抵抗し続けたものの、耳もとに「大好きだよ」と甘えるように吹き込まれた途端、全身の力が抜けてしまった。

ずるいぞ、いきなりかわい子ぶりやがって——と思うものの、痺《しび》れ薬をかがされたみたいになにもいえない。

高林がすかさず章彦のからだをひっくりかえして、シーツの上に押さえつける。

頭から丸ごと食べられるようなキスをされたときには、もう抵抗する気などなくなっていた。食べられても仕方ないくらい、自分の心がクリームみたいに甘く甘く溶けてしまっているのを知る。

「章彦さんのこと、全部食べたい」

覆いかぶさってくる高林の頭をなでるように引き寄せながら、章彦は「わかったよ」とキスの合間に応える。

――わかった、いいよ、もう好きなだけ食べてくれ。


クリスマスは繁盛期なため、仕事収めの日に双子たちを招いてパーティーをやることになった。高林から、新作のヌイグルミを直接渡してやってくれといわれたからだ。

職場での納会を終えてから、いつもより早い四時過ぎには帰途に着く。太一と高林が先に準備をしてくれているはずだった。

玄関のドアを開けると、かわいらしいサイズの靴がふたつ並んでいるのを見て、章彦の顔はだらしなくゆるむ。

「双子くんっ、ただいまっ」

居間に入ると、ソファに座っていた双子たちが立ち上がって、章彦に駆け寄ってくる。

「章ちゃんっ」

「メリークリスマスっ」

双子たちは犬の子のようにじゃれついてくる。「元気だったか?」と問いかけると、「うんっ」の二重奏。

――ああ、和む……。

全身に重たくこびりついていた一年の仕事の疲れがとれていくようだった。

双子たちと再会の抱擁を交わしてると、キッチンのほうから高林があきれたような視線を投げてきた。

「おかえり。――太一はいま、足りないものを買いにいってるから」

高林はどことなく硬い表情をしたまま告げて、すぐにキッチンに戻る。

なんとなく不機嫌かな？ と思いながらも、双子が「章ちゃん章ちゃん」とさわいでいるので、それ以上声をかけることができなかった。

「そうだ、双子くんたちにプレゼントがあるんだ。俺が手がけたヌイグルミなんだけど」

ほんとはあとでプレゼントを渡すつもりだったが、双子たちの顔を見たとたんに我慢ができなくなってしまった。章彦は二階からヌイグルミの包みをとってくると、双子たちに渡す。

「わあ、羊さんだあ」

「これ知ってる。ぼく本読んだもん。オオカミさんもいる。すごいー」

ふたりは原作を読んだことがあるらしく、思った以上にきらきらと目を輝かしてくれた。

その笑顔こそが章彦にとってはうれしい贈り物だった。

「これ、章ちゃんが作ったの？」

「すごいねえー」

みんなで盛り上がっているのに、高林はキッチンに引っ込んだまま出てこない。たぶんこの笑顔を見せたいから、「自分で渡してくれ」といったんだろうに……この場に立ち会ってもいいではないか。

「ちょっと待っててくれ」

章彦は双子たちのもとを離れると、もうひとつの包みを手に、キッチンへと向かう。ダイニングテーブルの上には、すでにクリスマスパーティーのための料理がたくさん作られてあった。

章彦が「パーティーをする」といったとき、「遅れてやるクリスマスって、なにか意味があるの？」と憎らしいことをいっていたくせに、早いうちからせっせと準備していてくれたらしい。

先ほどの不機嫌そうな顔――そういえば、章彦は帰ってきたとき、双子の靴を見ただけで舞い上がってしまい、「双子くんっ、ただいまっ」といっただけで高林の存在をすっかり忘れていた。

あれで拗ねているのか？　いや、まさか……。

「なにか手伝おうか？　俺もこれからケーキ作るつもりだけど」

「いや」

あきらかに機嫌を損ねている様子で、高林は振り向きもしないまま応える。章彦はやれやれと背後に近づいた。

「きみは小さな弟にもヤキモチをやくのか？」

「弟たちにはヤキモチなんてやいてないよ。章彦さんにちょっと怒ってるだけ。こっちは早くから準備してるのに、ねぎらいの言葉ひとつないんだな」

「――どうしたら機嫌直る？」

高林は無言のまま振り返って、なにかを要求するように章彦を凝視する。章彦は嘆息すると、少し背伸びをして、高林の唇にチュッとくちづけた。すぐに表情をほころばせて、高林はからかうような笑みを浮かべた。

「そんな短くじゃなくて、もっとちゃんとしたやつして。王子様みたいなキス」

「……ったく」

調子に乗るな、と呟きながらも、章彦は高林の頰をやさしくなでながら、再度顔を近づけた。唇がふれあおうとしたそのとき――。

「亮ちゃん、章ちゃんっ」

「お手伝いするー？」

突如、双子たちの声が聞こえたので、章彦は高林を突き飛ばす。高林は戸棚に背中をぶつけて、「いてっ」と声をあげた。

「いいんだよ、双子くんたち。もう少したって、ケーキを作るときになったら、呼ぶから」

「そうなの？」

キッチンの戸口にそろって顔をだしている双子は、不思議そうに章彦と高林を見つめた。気づかれてはないと思うが、やましいことこのうえない。

「ちょっと俺たちは大人の話があるから、テレビでも見てなさい。もう少しだけ待ってな？」

双子は「うん」と頷きながらも、首をかしげて「大人の話だって」とこそこそいいあいながら踵を返した。

「あれだよ。きっとセーシュンの話だよ」

「ぼくたちがいるとできないの？」

「できないんだよ。だから、亮ちゃんは家を出るっていってるんでしょ」

あいつら、意味わかっていってるのか？

双子たちが立ち去ったあと、高林は毒気を抜かれてしまったらしく、もう「キスしろ」とはいわなかった。ハア、とためいきをつきながら、調理の続きをはじめる。

章彦は手にしていた包みからオオカミのヌイグルミをとりだして、高林の首すじをその鼻先でつついた。

「ほら、高林くんにもプレゼント」

「――ありがとう。弟たちと差をつけないでくれて」

そんな憎まれ口を叩きながらも、高林はまんざらでもなさそうにヌイグルミを受けとって目を細めた。もうひとつとっておきのプレゼントをするつもりで、事前に太一と相談していたことを切りだす。

「高林くん、引っ越し先の目星はついたのか？」

「いや、まだだけど。年明けから、本格的にさがそうかなと」

「――うちは選択肢に入ってないのか？　部屋あいてるけど」

思いがけない提案だったらしく高林は目を丸くした。

「え？　ここ？」

「引っ越してくるなら、太一の部屋ってわけにもいかないけど。両親の部屋があいてるから、俺がそっちに移って、俺の部屋を提供するよ」

「ご両親の部屋はそのままにしておかなくてもいいの？」

「いいよ。家具とかは一階の和室に移すけど……両親も、時間が止まったみたいに永久保存されるよりはきっと使ったほうが喜ぶよ。せっかく俺たちが暮らすために残してくれた家だもの」

「でも、太一は――」

最大の障害物を認識しているらしく、高林は気がかりな表情を見せた。

「太一にはもう話した。『ちゃんとわきまえて、俺の前でいちゃつかないのならいいよ』っていってたぞ。『お兄ちゃんの幸せのためだから』って。……あいつは、できた弟なんだ」

昨夜、さすがに反対されるだろうと思って話してみたところ、太一は思いのほかあっさりと頷いてくれたのだ。「お兄ちゃんの頼みだから」と微笑んだあと、「それに、俺の見えないところでなにされてるのかわからないよりマシだし」とつけくわえながら。

「ほんとに賛成したの？　あいつ、さっきまで一緒にいて、俺になにもいわなかったけど」

「シャクだから、この件に関しては自分の口からはなにもいわない、っていってたぞ」

「それって、心の底からは賛成してないってことじゃないの？」

「じゃあ、やめるか？」

高林は渋い顔つきで考え込んだあと、「いや」と肩をすくめた。

「殺される覚悟で引っ越してきますよ」

「よし、決まりだ。それに、きみがここに引っ越してきたら、双子くんたちに遊びにきてもらって会えるしな」

浮き浮きする章彦を見て、高林は複雑そうな笑いを見せる。

「目当ては俺なの？　弟たちなの？」

「そりゃ聞くまでもないだろ？」

さすがに心外で睨みつけると、高林は「ほんとかなあ」と疑わしそうにいいながら、手にしたオオカミの鼻先を章彦の尖《とが》った口にチュッとつけてきた。

ヌイグルミがはずされると、代わりに高林の唇が近づいてくる。先ほどの続きだとばかりに、熱のあるキスだった。

「ん――ん」

あまりにも甘く吸われるものだから、つい意識が蕩けそうになったとき、玄関から物音が聞こえてきた。「ただいまー」という太一の声に、双子たちが反応して「太一くん、おかえりなさい」と叫んで走り寄っていく音がする。

章彦と高林は弾かれたように離れて、顔を見合わせる。

「また、邪魔者がひとり……」

呟く高林の腕に、章彦は「こら」と肘鉄《ひじてつ》を食らわせる。高林はにぎやかな声のする戸口のほうを睨んで、「ガオー」と手にしていたオオカミを吠えさせると、あっけにとられている章彦の唇をもう一度すばやく盗んだ。

あとがき

はじめまして。こんにちは。杉原理生です。

このたびは拙作『羊とオオカミの理由』を手にとってくださって、ありがとうございました。

こういうテイストの話を久しぶりに書きました。プロットには『ホームラブコメディみたいな』などと書きつつお話をつくったのですが、いかがでしょうか。

最近はどうでもいいことはいうけれども肝心なことはいわないようなキャラを書くことが多いので、よくしゃべるキャラというのも珍しいのですが——しゃべってくれるキャラは話が進みやすいですね。ありがたかったです。

さて、お世話になった方に御礼を。

イラストは、竹美家らら先生にお願いすることができました。『ホームラブコメディ(?)』を最初に考えたのは、竹美家先生のかわいい絵が見たいなと思ったからでもあります。羊とオオカミのヌイグルミもかわいかったし、各キャラとも生き生きと描いてくださってうれしかったです。素敵な絵をありがとうございました。

お世話になっている担当様、いつもご迷惑をかけております。こちらがなにもいわなくても、きっと双子を挿絵指定してくれるだろうという期待を裏切らないでくださってありがとうございます。これからも頑張りますので、どうぞよろしくお願いいたします。

そして最後になりましたが、読んでくださった皆様にも、あらためて御礼を申し上げます。

いつものテイストとは少し違いますが、好きなものを詰め込んでいるところは同じです。

わたし自身、けっこう浮き浮きしながら楽しんで書いた話なので、読んでほんわかとした気分になっていただければ幸いです。

杉原　理生

✦初出　羊とオオカミの理由《わけ》……………書き下ろし

杉原理生先生、竹美家らら先生へのお便り、本作品に関するご意見、ご感想などは
〒151-0051 東京都渋谷区千駄ヶ谷4-9-7
幻冬舎コミックス　ルチル文庫「羊とオオカミの理由《わけ》」係まで。

幻冬舎ルチル文庫

羊とオオカミの理由《わけ》

2010年3月20日　第1刷発行

✦著者　杉原理生　すぎはら りお

✦発行人　伊藤嘉彦

✦発行元　株式会社 幻冬舎コミックス
〒151-0051 東京都渋谷区千駄ヶ谷4-9-7
電話 03(5411)6432[編集]

✦発売元　株式会社 幻冬舎
〒151-0051 東京都渋谷区千駄ヶ谷4-9-7
電話 03(5411)6222[営業]
振替 00120-8-767643

✦印刷・製本所　中央精版印刷株式会社

✦検印廃止

ISBN978-4-344-81925-2　C0193　Printed in Japan